向美而行

莲韵 著

中国华侨出版社
·北京·

图书在版编目（CIP）数据

向美而行 / 莲韵著 . —北京：中国华侨出版社，2019.8
ISBN 978-7-5113-7946-7

Ⅰ.①向… Ⅱ.①莲… Ⅲ.①诗集－中国－当代 Ⅳ.① I227

中国版本图书馆 CIP 数据核字（2019）第 165462 号

向美而行

著　　者：莲　韵
责任编辑：刘晓燕
责任校对：孙　丽
经　　销：新华书店
开　　本：670 毫米 ×960 毫米　1/16 开　印张：15　字数：230 千字
印　　刷：河北省三河市天润建兴印务有限公司
版　　次：2019 年 11 月第 1 版
印　　次：2024 年 5 月第 2 次印刷
书　　号：ISBN 978-7-5113-7946-7
定　　价：42.00 元

中国华侨出版社　北京市朝阳区西坝河东里 77 号楼底商 5 号　邮编：100028
发　行　部：（010）64443051　　　传　　真：（010）64439708
网　　　址：http://www.oveaschin.com　　E-mail：oveaschin@sina.com

如果发现印装质量问题影响阅读，请与印刷厂联系调换。

自序 向美而行

好多朋友和粉丝给我留言：好羡慕你啊，那么诗情画意，好像不食人间烟火的仙子。

记得董卿在诗词大会上说过这样一段话：在云端上爱诗，在泥土里生活，在岁月中一直洒脱。

即使身在泥土，仍不忘仰望云端。

而书籍则是精神的桃源，现实抵达不了的地方，灵魂可以抵达。因此，读书，就是对自己最好的投资。

苏联作家高尔基说："书籍鼓舞了我的智慧和心灵，它帮助我从腐臭的泥潭中脱身出来，如果没有它们，我就会溺死在那里面，会被愚笨和鄙陋的东西呛住。"

苏轼说:"粗缯大布裹生涯,腹有诗书气自华。"无数普通人就是通过读书改变了自己的阶层和命运,从而创造出辉煌的人生。

最好的人生态度,就是无论身处何种境地,都能拼尽全力去营造美好的生活。

酸甜苦辣,才是生活的原滋味。谁的人生不苟且,谁也无法挣脱开世俗的烟火,但可以透过这些最平凡最普通的日常,发现一些容易被忽略的光阴之美,创造出一些小欢愉小幸福,让心灵有一个栖息的空间,不至于让自己在这个纷扰的俗世里随波逐流,变得无比功利和市侩。

即使现实再残酷,生活再压力山大,只要你还拥有一颗向美而行的心,平淡无奇的日子也能开出最美的花。

诗并不一定在远方,它就在你身边,在寻常的烟火里,在你的心上。心,才是离诗最近的地方。

别忘了给自己留一方净土。守住内心的一份清宁,以一朵莲的姿态绽放,清风来与不来,我照样盛开。

目录
Contents

第一辑　柳色花容正春风

003　柳色花容正春风

006　春天该很好，倘若你在场

009　油菜花开满春天时

013　一叶知秋，人淡如菊

016　七月，一朵莲开的时光

019　芦花

022　早春荠菜香

第二辑　偷得浮生半日闲

027　偷得浮生半日闲

031　山中茅屋

035　寂静

038　诗心

041　独步黄昏
043　读书，遇见更美的自己

第三辑　储存阳光，必有远芳

049　储存阳光，必有远芳
053　不争
057　勿以善小而不为
060　爱的轮回
062　信任

第四辑　月是故乡明

067　难忘苜蓿香
072　拾柴火
078　喷香的记忆——翻花生
082　麦秸垛
086　月是故乡明
090　端午粽子香
093　中秋的月饼
097　村小就在我家后
102　疤痕

目录

107　一条红围巾
110　谁的青春不飞扬
115　窝窝头就咸菜
118　母亲的大衣柜

第五辑　诗意的远方

125　寻你，在相思墨染的江南
128　鄱阳湖，沉睡着的美人
132　朱家峪的旧时光
137　春风十里菜花黄
141　那一片千年的蒹葭
145　绿树浓荫桑葚甜
151　金秋十月，与你有约

第六辑　不说爱你说珍惜

159　羞答答的玫瑰静悄悄地开
167　心雨
170　千年等一回
173　世上最疼你的人

第七辑　好好活着

- 181　晚来天欲雪
- 184　与往事小坐
- 197　小石头
- 203　记忆中，你还是那个翩翩美少年
- 206　好好活着
- 209　高铁修到家门口

第八辑　行乐须及春

- 215　春分：行乐须及春
- 218　夏至：与日月光阴共地久天长
- 222　白露：天转凉，秋渐浓
- 225　小雪：雪落心城
- 229　冬至：铭记光阴的美

第一辑／柳色花容正春风

第一辑　柳色花容正春风

— 柳色花容正春风 —

春，是用来爱的。未沾杏花酒，没饮桃花酿，人已三分薄醉了。在我的眼里，春，就像一个久别重逢的故人，但她更适合做恋人，对，是心仪已久的恋人。

每年，当她含情脉脉地出现在我面前，我都会与之深情以对、温柔相拥，然后便在春那温软的怀抱里，沉醉不愿醒来。

春天回来一次，我就会给她写一封情意绵绵的信，剪一抹柳色，剪一页桃红，再装上十里春风。

江南无所有，聊赠一枝春。

忽而又春，紫燕剪细了东风，鸟儿叫绿了山川，蝴蝶邀来了百花，春风唤醒了世界。云儿和风儿缠绵嬉戏，一不留神挂上了柳梢，因贪恋这一杯人间春色，惹了一身翠烟，便成了大挂大挂的绿云，在枝头袅娜盈盈、妩媚动人。

杏开了，梅笑了，一簇簇、一团团、一片片，粉莹莹、红艳艳、白素素、黄嫩嫩地爬满了枝头。梨花白，桃花红，柳色花容正春风。

春，是娟然的、柔婉的、细腻的、温润的，吹面不寒杨柳风，沾衣欲湿杏花雨。

春色撩人呢。

春天一来，所有的秘密都藏不住了，那些埋在心底里的柔软，纷纷鼓胀着冒出饱满的芽苞，粉红的，鹅黄的，嫩绿的，把一个五彩缤纷的梦揽在怀里。只待三月的十里春风吹响集结号，便一股脑儿蓬勃而出，你挤我拥、互不相让，紧锣密鼓地闪亮登场。只是为了送给季节一场盛大的惊艳呢。

是谁舞着一支巨笔挥毫泼墨？柳绿了，桃红了，梨白了，麦苗青了，菜花黄了。春风一吹，波浪滚滚、浩浩荡荡。流连在这样一幅迷离的意境中，总有一种不真实的美。

这桃红柳绿醉人的春啊，她是我的吗？似乎又不是。

她是贾至的"草色青青柳色黄，桃花历乱李花香"。是宋祁的"绿杨烟外晓寒轻，红杏枝头春意闹"。是朱熹的"等闲识得东风面，万紫千红总是春"。她更是白居易的"几处早莺争暖树，谁家新燕啄春泥"。是杜甫的"迟日江山丽，春风花草香"。

春，这细软的季节，最容易让人惹上相思和清愁，适合静静地念一段落花斑斓的往事，想一个月白风清的人。因为春里的每一片绿叶都生

第一辑　柳色花容正春风

长着希冀，每一朵花儿都寄存着思念。

春，是陆游的沈园相遇，是唐婉的春梦无痕，是纳兰的只如初见，是李清照的离愁别绪，是徐志摩的康桥柔波，是林徽因的人间四月，是李后主的故园回望，是林妹妹的涕泪葬花。是柳烟深处的一袭白衫，是春枝头上的一朵花香。

喜春，怜春，悲春，叹春。春，就是这么的让人眷恋。我知道，这份眷恋终究离不开红尘里的一念真情和一份遇见。就像桃李遇见春风，柳色遇见花容，蝴蝶遇见花朵，花朵遇见春天。

一直相信，唯有内心柔软，柳才会为你绿，花才会为你红，春风对你含情，春水也对你微笑。

遇见一页春，遇见一份惊喜，更重要的，是遇见一份素朴日常而恬淡喜悦的心情，遇见一个似是故人来的全新的自己。

此刻，春风已乘上骏马，我听见了哒哒的马蹄声。坐在春深处，我以虔诚的心，从容的姿态，怀揣一抹春色，取一瓢岁月的慈悲，煮一壶光阴的茶。深深懂得，这春和景明的旖旎风光，一切皆是心的美。

相约在这一季妩媚撩人的春光里，带上一份美丽婉约的心情，与春，来一场宿醉吧！

- 春天该很好，倘若你在场 -

春天来了，我不知道，哪片新绿上生长着希望，哪朵蓓蕾里潜藏着思恋。

我只知道，春天来的时候，我的心也绿成了一汪海洋。

草在结它的种子，风在摇它的叶子，桃花开成诗，烟柳飘成韵。

我们站在春天里，不说话，就十分美好。

有人说，春天适合遇见。春草初绿，春林初盛。

相逢一个崭新的自己，和一个似是故人来的你。

岁月兜兜转转，或许，春风所有的裁剪。

只是为了等待那个对的人，共赴一场春风桃李的遇见。

仿佛一切的经历与磨难，都是为了见证这一刻相逢的喜悦。

不说相见恨晚，所有的遗憾，都是一种成全。

第一辑　柳色花容正春风

有人说，春天适合思念。因为你说过，春暖花开的时候要来看我。

你来，我的世界风暖花香，你不来，春风依旧十里浩荡。

其实，你来与不来都一样。春天在我眼里，而你在我心上。

桃花十里不如你，你就是春天最美的模样。

春来陌上好时光，一剪芳菲入梦来。杨柳依依起舞弄清影，绿波柔柔在心头荡漾。

春风吹乱了我的发，叫我如何不想他！

有人说，春适合种植。那些在冬季丢失了的，春天会加倍偿还给你。

只要你守候着发芽的梦想，只要你不言放弃，春天，总会给你惊喜。

不管天气怎样，无论走到哪里，都要带上自己的阳光。

无论季节变换，心中始终住着一个春天。

纵使人生荒凉，你在，暖在，我的世界永远春暖花开！

春是杏花酒，春是桃花酿，

春是一杯醉人的女儿红。我干了，你随意！

春天该很好，倘若你在场。

我在季节的风里，等春，也等你！

春天来了，你在哪里？

满世界的花儿都开好了,那是爱情最美的样子。

如果可以,希望你能停下匆匆的步履。

第一辑　柳色花容正春风

— 油菜花开满春天时 —

阳春三月，柳丝如烟，莺飞草青，花事一场接着一场，菜花正当时。每年的这个季节，一定是要追着去看菜花的。

北方的家乡没有大片大片的菜花，单单是零星的那么一小块一小块，像散落在绿毯上的一段段一方方锦缎，灿烂，耀眼，金碧辉煌，就足够慰藉一颗孤寂的心。看过，还嫌不够，还要赶着更远的地方，再看，再赏。

不就是普普通通的菜花吗，哪里没有？有啥看头，还非要不远千里的一路跑那么远？

然，子非鱼，焉知鱼之乐。于我来讲，每一场花事都有独特的魅力，而没有哪一场花事能像菜花一样，来得那么热烈奔放，来得那么声势浩荡、沸沸扬扬。那是来自远古的追溯，那是对阳光、对春天、对生命、对梦想，最痛快淋漓的追逐和歌唱！

油菜花开了,那一片灿烂夺目的金黄!

碧云天,黄花地,远山如黛,春水含情。空旷的田野上,桃红柳绿,百花争艳,绿莹莹的麦田,映衬着一片金黄色的油菜花,放眼望去,阡陌纵横,满世界的流光溢彩。空气中到处是弥漫的花香,暖暖的阳光下,"留连戏蝶时时舞,自在娇莺恰恰啼",构成了一幅清新典雅的田园风景,一个远离尘世的诗意桃园。

喜欢那一句,我们站在春天里,不说话,就十分美好。站在哪里?站在一片花海里,春风荡漾,闻着醉人的花香,即使默默不语,风送花香,而且有你在身边。春风十里不如你,便是最曼妙的时光、最深情的对望!

那一波波涌动着的波浪,汇聚成一片金色的海洋。泼墨般的浓墨重彩,像质朴的爱情一样率性而直白。翠绿托着鹅黄,磅礴而奔放,淋漓而酣畅。层层密集,春风一起,浩浩荡荡,铿锵着一股气吞山河的华美乐章。徜徉在一片明艳艳的花海里,满眸盈翠,花香氤氲,人在画中游,一杯春色,一城妩媚,醉了来人,暖了心扉。

一束束金黄的花蕾,似一只只舞动的精灵,衣袂翩翩而舞,播撒着阵阵馥郁的馨香。徜徉在花海里,轻轻地采一朵,那浓浓的花香便萦绕在鼻翼。

眯起眼睛,深深地嗅一口,然后眯起眼睛,拈花微笑,相逢一个未知的自己。再也按捺不住一颗雀跃的心,欲飞的思绪,在一片碧绿金黄

第一辑 柳色花容正春风

的香毯上，肆意地飞扬、飘荡。

风动菜花香，浓烈得化不开的香，有点梦游的味道。除了"真美！真香！"找不到一个合适的词汇来形容她了，无语了，词穷了，凝滞了。只有一片灿灿的金黄，无边无际，像个妖娆又香艳的女子，花枝招展，妖媚得让来人迷离又迷离、沉醉又沉醉，欲罢不能。

密集的花香，媚惑着人心散乱无主，绊住人的脚，牵住人的眼，想要逃离都难。

我听见风中有噼里啪啦的声响，那是花开的声音，那是热烈在枝头燃烧的声音，像梵高的油画，泼开来。就在眼前，就在身边，那么近、那么近地向我涌过来，一点退路都没有。

就让我，化作那一抹金黄，融化在这一片花海里吧！

时光清浅，岁月安暖，漫步在欣欣然的金黄里，在春水初绿春林初盛的春光里，遇见似是故人来的自己，一种梦回前朝的感觉，弥漫在心头。

春光大美，不想荒废了这大好时光，因为懂得，人生没有那么多的路需要去赶，应该给自己一份悠闲，不辜负春天的每一场花开。万事缠身，永远也做不完，因此可以停下忙碌的脚步，和心爱的人，去走进大自然，与光阴对酌，和春风话诗，自有一份清朗、明净而柔美的情怀。

此刻，就是挽着你的手，漫步在那一片铺天盖地的海洋里，一起走向春深处。张开双臂，去拥抱这一片金黄，去相约一季明媚的春光。

像孩子一样，在花间嬉戏，在山野奔跑，清风当枕，拥花香入眠，陶然忘忧。

我愿在这一方净土上，抛开俗世的一切羁绊，情醉翠绿鹅黄的花田里，赏天地之大美，享受一份宁静，回归最本真的自己。

春天总是蛊惑人心的。风，在深情地吻，花，在忘我的笑，在最美的春天里，莫辜负了大自然赐予我们的美好。与最美的人，看最美的景，写最美的诗，做最美的梦！

待到油菜花开满春天，与你执手花开，赴一场美丽的约定。

第一辑　柳色花容正春风

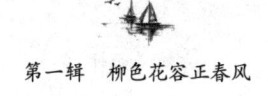

- 一叶知秋，人淡如菊 -

是秋了，一场秋雨后，气温不再灼热，凉风阵阵，舒爽怡人。

漫步在依旧葱茏的林荫路上，弯腰在绿色的草丛里，捡起一枚落叶，湿润的脉络间，青绿中渐黄，心里一下子平添了一缕淡淡的惆怅。

急雨收残暑，西风吹暮蝉。

最明显的是枝头上的蝉声，再也没有了聒噪的热烈，也渐渐变得稀薄了。

洗涤炎埃宿雨晴，井梧一叶报秋声。

大自然像一个神奇的魔术师，一年四季挥舞着一只巨笔，不停地变幻着各种色彩。从万紫千红到绿满山川，转眼之间，大地、山河又全都变换了一种气场。天朗气清，枫红菊黄，层林尽染，万山红遍，又是一个五彩斑斓、宁静清朗的秋。

光阴似箭，该做的事情太多了，还有那么多壮志未酬呢。转眼之间一天过去了，转身之间一年过了一大半了，俯仰之间一辈子就过去了。

夜深风竹敲秋韵，万叶千声皆是恨。叹隙中驹、石中火、梦中身……

悲秋伤春，自古以来就是文人骚客的咏叹。其实，四季风景各异，春有百花秋有月，夏有凉风冬有雪。比起百媚千红的春、热烈奔放的夏、庄严寂寥的冬，我更爱深沉静美的秋。

微风不燥，秋水长天，阳光正好，万物走向成熟，丰盈而厚重。褪了春的喧哗，少了夏的浮躁，没了冬的冷冽，更别有一番迷人的韵致。累累硕果里，沉淀着一种成熟的笃定，那是历经风雨沧桑后的一份达观与通透。

秋，是一副意境深远的画；秋，是一首宁静浪漫的诗；秋，是一部绚烂厚重的书；秋，是一支禅意幽远的曲；秋，是一个异彩纷呈的梦。

秋，是萧萧黄叶闭疏窗；秋，是霜叶红于二月花；秋，是长风万里送秋雁；秋，是碧云天黄叶地；秋，是东篱把酒黄昏后，有暗香盈袖。秋，不似春光胜似春光。

天高云淡，水光一色，静影沉碧，万里霜天，静美深远。从绚丽走向萧条，从繁华走向寂静，犹如人生删繁就简的过程。最终归于平淡。

悲壮中有豪情，是一种苍凉到极致的美！

一叶落而知天下秋。怀着一颗平静的心，在一片落叶里感悟生命的意义，寻找一份豁达的清宁。

其实，人生何尝不是一片飘零的叶子？来无迹去无踪，匆匆的过

第一辑　柳色花容正春风

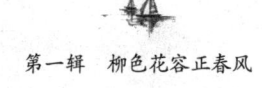

往，所有的繁芜，不过是浮华梦一场。

时光匆匆，四季流转，光阴的脚步，带走了一场场生命的繁华，迎来送往里，得到与失去，繁华与零落，在时光中不停地变换着角色。这是人生的常态，不必遗憾。

用一颗平常心去面对，经历了岁月的磨砺，才有了殷实的秋，人生才日趋饱满。更加懂得，漫漫人生路，揽一怀秋水长天的明净，拥一份秋的淡泊安宁，用出尘的心面对流年风雨，静守着四季的轮回，淡泊着人生的花开叶落。

或许是时光越老，人心越淡。越来越爱上这种素简的时光，远离喧嚣，少了纷争，淡淡的清欢，做自己喜欢的事情。像一片秋天里的落叶，简单安静，去留随缘，枯荣不惊。

煮一壶光阴的茶，闲对一江秋水，静赏一帘秋月、一翦秋韵、一笔远山、一曲梵音。

有采菊东篱下的悠然，有把酒黄昏后的暗香，又何惧人生几度秋凉？

叶落无言，人淡如菊。落墨处，风月无边！

七月，一朵莲开的时光

当荷在瞬间涌入我眼帘的那一刻，我的心狂跳起来。团团翠绿的荷叶，密密集集地覆盖了整个荷塘，层层叠叠的绿波上点缀着几朵圣洁的莲，有的已经半开，有的含苞待放。荷花轻盈典雅地在晨光中摇曳生姿，朵朵都是那么清丽而生动。

这样近距离的赏荷，是在一个朝霞晕满天地的清晨，是追着这片荷来的。清喜的相逢，她的美着实惊艳了我。

"凌波仙子静中芳，也带酣红学醉妆。""绿盖半篙新雨，红香一点清风。""荷花宫样美人妆，荷叶临风翠作裳。"虽未生在宋朝，却已然被这芳词妙句染了心，于眼前的荷韵熏了香。

荷满池塘，翠绿如盖万千重，映日荷花别样红，亭亭玉立，仪态万千。风翻动着碧绿的玉盘，叶叶相牵，花影摇曳，不蔓不枝，香远益清。袅袅馨香乘上风的翅膀，清雅幽韵弥漫四野，丰饶了一个仲夏，绿

第一辑　柳色花容正春风

满一季荷塘。

眼波流转处，我的心也喜悦如莲。

岸边芦苇丛生，杨柳拂堤，绿影婆娑，倒映在水里，与接天的荷缠绵成一片。浓荫处蝉声长鸣，水里蛙声此起彼伏，田田的荷叶间穿梭着几只鸭子，白毛浮绿水，鸟雀和蜻蜓流连舞动着香风。一池绿荷，纤尘不染，清幽雅韵，馨香满怀，谁人不说是清凉时光里最美的画卷？

七月的热浪滚滚袭来，十里荷风轻轻荡漾，似翻卷的碧波一浪接着一浪。荷婀娜娉婷，在一湖碧绿的笺上翩跹而舞，一幅夏日倾城的惊艳铺陈开来。凉风有信，荷香有韵，朵朵典雅的青莲，俏立在一池绿波里，接天莲叶田田，映日荷花艳艳，一汪碧水悠悠。

看取莲花静，应知不染心。

晨光中，一个人，一颗静心，如临仙境，红尘俗世里的那些纷扰遁去得无影无踪，盈满于心间的只有一片静谧的安好。

"江南可采莲，莲叶何田田。"突然念起江南来，在江南，可以"兴尽晚回舟，误入藕花深处"，"荷叶罗裙一色裁，芙蓉向脸两边开。"可以"露卧一丛莲叶畔，芙蓉香细水风凉，枕上是仙乡。"在采莲曲中，做个素手把芙蓉的采莲女，笑隔荷花共人语。身在北方，虽没有大片的荷风送香气，只一朵芙蓉盈盈，便开到心里去了。

七月，一朵莲开的时光，是谁驻足在清幽的池塘与莲对望？碧波荡漾，风动荷香，引来多少流连的目光。一个生命的奇迹只源于一粒种子的魅力，而每一朵莲都是来自尘世里的一首歌，将生命最深的眷恋，书写成美丽的传奇，静雅而唯美，婉约了如水的流年。

原来，生命最灿烂的季节，却可以盛开在如火如荼的七月。不禁慨叹，如此娇姿丽影、超凡脱俗的清荷，温婉的外表下，实则蕴藏着一份无人可敌的傲骨，该是捧着一颗多么炽热的心，才不辜负？

"惟有绿荷红菡萏，卷舒开合任天真。"

尘世有花开。没有一朵花，可以这样恣意而优雅地盛开，开得如此唯美抒情。把苦紧紧包裹在心里，留一份清雅，挽一缕馨香，值得世人用生命去歌唱，用灵魂去仰望，将人生的意义发挥得淋漓尽致。

如果生命是一场莲开，我愿在如水的光阴里虔诚以待，不惧风雨，不怕烈日，不念前尘，不贪浮华，纵使明日又天涯！守一份笃定，一颗静心对流年，活出生命的一份从容、一份素雅，尽情地绽放。这样的人生，已足够优雅。

唯愿，在心中植一片荷，莲香清韵，淡雅出尘，于清凉的光阴里彰显生命的华彩。即使成不了莲一样的女子，也要染一身莲香隐隐。用美好养活自己，采一抹心香来供养灵魂，想必，这样的时光，也是熏了香的。

第一辑　柳色花容正春风

- 芦花 -

沿着徒骇河岸散步，远远地，我望见了一片雪白的芦花。那些飞扬的芦花，一束束，一团团，在风中摇曳生姿。跌宕起伏之间，像一片白云落下来，银光如练。如诗如画，似梦似幻。

"千里江山寒色远，芦花深处泊孤舟。"

沿着岸边去拍那片芦苇荡，清波荡漾的水面上，有一只白鹭上下翻飞。飘舞的芦苇丛边，泊着一只小船，却不见了摆渡人。

秋水，长天，芦苇，孤舟，描绘出一幅多么简约宁静的清秋画！"秋色连波，波上寒烟翠。"一片雪白的芦花深几许，一叶孤舟悠然地停泊在芦花深处。

沿岸有一个长长的沿河公园，我一向不太喜欢公园里的景致，总认为那些被移进来的花花草草，就像被选进宫争宠的美女，有人工雕琢的痕迹。少了一份纯朴和自然，多了一份功利与粉饰。

我喜欢大自然里那些野生的植物，就如这些朴素的芦花，让人更有亲近感。秋风起，芦花舞，似是故人来，这清秋时节总是这样惹人动情，看到它们总会起乡思。

多年前，故乡的沟边河堤上，只要有水的地方，到处都长着茂密的芦苇。初春，刚刚冒出尖尖的嫩芽，我们便挖出它白白的根须来，食之甜如甘蔗，那是童年难忘的美味之一。

等到它们渐渐长高绿成一片，鸟儿们便成双结对地飞来安营扎寨。我们钻到芦苇深处，去找寻鸟窝，幸运的话还可以捡到一窝鸟蛋，抑或是几只光秃秃的幼鸟。不过到了我们手里，多数成了倒霉蛋。炎热的夏天，经常溜到河里去捉鱼捉虾，在芦苇丛生的浅水淤泥里逮泥鳅、摸河蚌，那份快乐填满了整整一个夏天。

秋天来了，岸边的芦苇开出了一束束花絮，开始是褐红色的，渐渐地变成了一片银白，像一个白发苍苍的守岁老人。那么柔，那么美，一片连一片，秋风一起，成波成浪，非常美丽壮观。

而农人们却没有谁来欣赏它，他们从容地走过芦苇荡，不过到了秋后，人们会把它们一捆捆地收割回家。挑那些好的编成苇箔，那是盖房必需的建材，那些不好的多数当成柴火做饭烧了。

故乡的芦苇，就像我纯朴的乡人一样，默默无闻地守候着家乡，与世无争地贡献着自己平凡的一生。

"蒹葭苍苍，白露为霜。所谓伊人，在水一方。""纵然一夜风吹去，

第一辑 柳色花容正春风

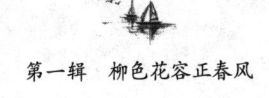

只在芦花浅水边。""江水青云挹,芦花白雪飞。"

这白而雅的芦花,这朴素得不能再朴素的花,从远古的《诗经》里一路走来,沐浴唐时的风宋时的雨,一直绵延婉转盛开到今天。她生在爱情的水岸,长在诗人的心里,溯洄从之,道阻且长,亘古不变,生生不息。

人的一生,何尝不是和芦花一样呢。曾经怀抱梦想,热烈奔放,像风一样的率性飞扬,到了秋天,告别了翠绿的年华,幽芳演变成一片银白。一朵朵清雅的花絮,是那么素静从容,于尘世间烁烁飞舞,那是生命最美的绝唱。

这白,才是人生的底色,走过万千繁华,最后只剩下白茫茫一片,真干净啊。

我站在芦苇丛中,与芦花携手并肩,临水迎风。不去问,走过葱茏何处寄余生,只想留一份素雅,持一份清欢,走一路洒脱。静守住当下来日不长的时光,一任朝如青丝暮成雪。披一身夕阳,奏一只芦笛,长风当歌,涤尽一世悲欢。

－ 早春荠菜香 －

第一次见到荠菜是 20 世纪 90 年代的一个初春,班上的同事喊我:"去拔荠菜啊,东边地里荠菜都出来了。"几个人,绕过一条河,来到一片麦田里,在青绿的麦苗间隙里,仔细找寻着。风细细地吹着,泥土的芬芳和野草的清香混合在一起,让人感到久违的踏实。

这个时候冒出来的野草多数是野麦蒿,荠菜不是很多,零零星星地散落在田埂上和麦陇间,还有沟边河沿上。它们纤细的腰身,单眉细眼地在春风里笑意吟吟,惹人怜爱。我们欢快地跳来跳去,就像小时候在田野里一样,蹲下来,一棵一棵小心地挖,连根须也舍不得扔掉。那种寻找和发现的欣喜总是让人欲罢不能、兴奋不已。

半天,才恋恋不舍地满载而归。回到家,摘去老叶,洗净淋干,然后切得细碎,配以佐料调成馅,和面,擀成一张圆圆的面皮。把鲜绿的菜馅均匀地摊在上面,取一枚鸡蛋打散,再将一张同样大小的面皮盖在

第一辑 柳色花容正春风

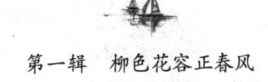

上面。仔细摁压边缘,然后放进提前预热好的鏊子上,反正面烙出细碎的花来,就可以出锅了。

这时候,荠菜的香味儿早就飘了出来,碧绿碧绿的馅,薄薄的皮,热气升腾着,咬一口,鲜嫩无比,清香绕齿,春天的味道就全在舌尖上了。

也就是从那时候起,才认识到荠菜的妙处。有着苜蓿的清香,不腻,百吃不厌。从此每年到了春天就会惦记着荠菜,这味蕾上的春天,总是让人念念不忘。

近几年,由于人们注重饮食文化,原来备受冷落的野菜却成了热衷的抢手货,于是大棚种植的荠菜一年四季都可以随时随地地吃到。也曾禁不住诱惑,买回去一吃,味道却是天壤之别。没有一点儿清香,可能是缺少了季节的变换,得不到充足的日光和风头,就像大棚的韭菜一样,寡淡无味,失去了最初的那份本真。

老家的菜园里,老人特意种植了一垅荠菜,不施化肥,不打农药,自生自长,每次回家都要饱餐一顿大自然的风味。和婆婆一起和面、擀皮、包饺子,可以加肉末,也可以和鸡蛋或者虾仁调成美味的馅。等到白白胖胖的水饺在锅里沸腾,就像是一只只浮在水里的鸭宝宝,生动极了。

饺子端上来,个个饱满,馅绿皮白,香润爽口。满屋子的清香,一缕一缕的,诱惑着味蕾,这是春天里的第一抹新绿。就着香醋香油蒜蓉,一家人便热火朝天地吃起来了。爱喝酒的来一杯白酒,也不用下酒菜,"饺子酒,越吃越有"。一会儿工夫便风卷残云、一扫而光。酒足饭饱,真过瘾!

有多久没有去田野里挖荠菜了,又有多少年没有走到麦田里去望一缕春风了。无谓的忙碌,让我们很少有闲情逸致去触摸一种返璞归真的情怀了。又是初春了,地里的荠菜都长出来了吧,家里的荠菜也可以吃了吧。

抽个时间,回家看看,陪着老人,一边挖荠菜,一边唠家常,这俗世里的欢喜,总是让人无限眷恋。

第二辑／偷得浮生半日闲

第二辑　偷得浮生半日闲

— 偷得浮生半日闲 —

终日昏昏醉梦间，忽闻春尽强登山。

因过竹院逢僧话，偷得浮生半日闲。

读唐朝诗人李涉的这首《题鹤林寺僧舍》，最让人欣然的就是一个"闲"。

一直忙碌奔波在醉梦之间，耗费着人生有限的时光。却不知，春天即将走远了，才想起该到山中看看。有意无意之间，与寺内的高僧谈禅悟道，探讨人生之喜怒哀乐。我们知道，佛家向来淡化功利，平和恬淡，荣辱不惊。诗人感叹，难得在这纷扰的世事中暂且得到片刻的清闲，才有了这静观人生的机会，于是顿悟，发现到生命的意义所在。

浮生半日闲是禅意，揭示了纷扰的人世，半日闲最难得。并非对人生的消极应对，而是一种对生命的思考和觉悟。

在古时那样一个慢节奏的年代里，尚需要偷得半日闲，而今在这个"天下熙熙皆为利来，天下攘攘皆为利往"的快节奏时代，时间就是金钱，时间就是生命，时间成了衡量一个人成功与否的标准，成了衡量人生价值的尺寸。因此，偷得浮生半日闲，一个"偷"方显时间之宝贵，一个"闲"才觉人生之奢侈。

于是，很多人都会说，正事还忙不过来，哪有闲时间来做那么无用的事呢？那么，什么是有用的什么是无用的呢？曾经有人问我，"写书挺好的啊，你挣了不少钱了吧？"我无语。在有些人眼里，只要能挣到钱，就是好的，就是有用的。所以跟这些人没必要去浪费时间和口舌，所谓道不同不相为谋，子非鱼又焉知鱼之乐？

闲下来，做喜欢的事，爱喜欢的人，完全凭兴趣爱好和意愿去虚度时光，回归真实的那个自我。

梁实秋说："人在有闲的时候才最像是一个人。人类最高理想应该是人人能有闲暇，于必须的工作之余还能有闲暇去做人，有闲暇去做人的工作，去享受人的生活。"

日常生活中，在完成必须的工作之余，我总希望每天都有属于自己的空间和时间，不被周围琐事所扰，一个人，静静地读一段喜欢的文字，写几句无关紧要的句子，过一段悠闲的时光。枕上诗书闲好处，夜来枕边有书，睡前必翻几页闲文，枕着墨香入眠，那样的闲情逸致，别有一番自在和心安。

第二辑　偷得浮生半日闲

以前，总是忙于手头上丢不开的缠绕，关心这个担心那个，现在我想出去就出去，动不动就来一次说走就走的旅行。人生苦短，金钱永远也挣不完，事业永远也忙不完，何不忙里偷闲，给心放个假，去享受生命的美好呢？

周国平说："世上有味之事，包括诗、酒、哲学、爱情，往往无用。吟无用之诗，醉无用之酒，读无用之书，钟无用之情，终于成一无所用之人，却因此活得有滋有味。"

当然，闲时不一定光读书，做一些有兴趣的事也是一种极大的快乐。除了琴棋书画，还有更多，譬如种花养草养鱼，观光出行旅游，醉情自然山水，等等。

在这些无用之事中，可以体验到一种简单而纯粹的快乐，找回一颗平常心和一份初心。而往往无形之中，它渐渐丰饶了你的底蕴，修养了你的内涵，开阔了你的视野，陶冶了你的性情。平淡的人生也因此而变得更加丰富多彩。

终日奔波苦，一刻不得闲。忙忙碌碌的我们，甚至春天什么时候来的都不曾觉察到，忽而回首，日暮苍山远。

有多久没有仰望一下湛蓝的天空，去领略孤云独去闲的那份飘逸？又有多长时间没有去闲对一轮明月，枕听一帘清风？

"几时归去，作个闲人。对一张琴、一壶酒、一溪云。"

不忘初心，方得始终。人生是用来享受的，值得你花时间去荒废的，一定是让自己活得开心的、有意义的事情。这才是最大的成就。

"江山风月本无主，得闲方是真主人。"

别行色匆匆地急着赶路，等闲岁月里总有一些美丽，需要停下你的脚步，约上三五知己。"闲来静处，且将诗酒猖狂，唱一曲归来未晚，歌一调湖海茫茫。逢时遇景，拾翠寻芳。"

第二辑　偷得浮生半日闲

－ 山中茅屋 －

山中茅屋是谁家？兀坐闲吟到日斜。

俗客不来山鸟散，呼童汲水煮新茶。

这是元末赵原《陆羽烹茶图》上的一首七绝诗。《陆羽烹茶图》为水墨画，图文并茂，山清水远，绿树掩映，临水筑一茅屋，堂上一人峨冠博带、按膝而坐榻上者即为陆羽，一童子在焙炉烹茶。

陆羽是中国的"茶神"，早在一千多年前就撰写了《茶经》，图中描绘的该是陆羽在浙江时的隐逸生活。没有细描烹茶的细节和场景，而是以寥寥数笔的清逸山水、苍翠的树林和朴实的茅舍，尽显陆羽不求荣华富贵，安于清贫，追求宁静人生的隐士风范。

很艳羡古人能够拥有这样的茅屋，天远地阔，青山绿水，一杯闲茶饮到日落，远离了纷扰的俗世。因此，这山间茅舍，便成了我的心心念念。每每在山中遇见，就会惹得我情思荡漾。

去过富春江畔的一座小山，进得山来，一路风光旖旎，如百里画屏。青山崛地而起，层峦叠翠，山下绿水环绕，天空的云朵像泊在碧水里的一朵朵白莲花。而且那云低得仿佛触手可及，随便扯一片就可以做衣衫。山脚下有阡陌纵横的稻田，山坡上是一方方整齐的茶园。

一间茅屋，云雾缭绕下，是那么的静谧，青翠的修竹环绕左右。时光就这样慢下来，在此静止了，让人痴缠。忽然之间就想，如果我睡在这间茅屋内，是不是就可以让多年的顽固性失眠瞬间消失了呢？可惜，尘缘相误，无计花间住。我终究没有缘分在山中茅屋里住下来，它始终是我梦中的样子。

都知道历史上赫赫有名的隐士严子陵就隐居在此，垂钓于富春江。此人学富五车，和刘秀是同学，帮刘秀建立了东汉以后，刘秀请他出来做官。可严子陵一听，立马消失得无影无踪，害得刘秀像通缉犯人一样到处寻他。刘秀三番五次地邀请他，他就是不去，只喜欢读书和钓鱼，一直隐居在家乡的富春江，活到八十多岁，是真正的隐士。

严子陵的这些典故，历来为世人所称道。我想，独爱山水不爱做官的严子凌，也一定有这么一处山中茅屋吧。不问红尘俗事，沉醉山水间，一书一茶一鱼竿，桃花无言一队春，悠然自得地过自己想要的人生。多好！

身在红尘，何以静心？古人有茅屋，文人有雅事，僧人靠参禅，对

第二辑 偷得浮生半日闲

疲于世事奔波的普通人来讲，寄情山水，可以在大自然中平心自在地放牧心情，超然物外。万物静观皆自得，四时佳兴与人同。山青水碧，空旷杳然，鸟鸣山幽。

多想拥有这样的一处山间茅舍，虽没有篱笆开出的院，却可以植出淡然的菊，没有《诗经》里开出的桃，却可以房前屋后花香树绿。空翠湿人衣，悠然见南山。如此，即便吟不出流芳百世的词，却也能达到古人那种超然世外、平心自在的空灵意境。

"弄石临溪坐，寻花绕寺行。时时闻鸟语，处处是泉声。"

当在尘世颠沛流离久了、累了的时候，我随时可以回到山中茅屋里来，一茶一书一人，望着远水近水发发呆，听鸟鸣山涧，溪水弹琴，看苍翠绿满山川。灵魂不再漂泊，一切都安静下来了，这个时候的我，才是真正的自然的我。

难怪酷爱山水、向往自由，喜文好剑的大诗人李白，不愿意当朝廷的御用文人，辞官归隐山中，还特作诗为证："问余何意栖碧山，笑而不答心自闲。桃花流水窅然去，别有天地非人间。"

好一个"别有天地非人间"！

我愿是清泉流石上，我愿是明月照松间，我愿是幽草涧边生，我愿是黄鹂深树鸣。南苑栽竹，北域种花，门前一株桃花相迎，开门见山见水见无量光阴。闭门溪水烹茶，松花酿酒，邀一弯明月，煮一壶慈悲。

晨起听鸟鸣，夜晚闻松涛，清风吹四季，馨香绕四时。让流云带走一切的颠沛,让溪水涤去一身的疲惫,行在山间,曲径通幽,落花成蹊,泉水叮咚,云雾缭绕,半世流离,浮生若梦。

原来,所有的过往皆成灰飞,所谓的名利都如烟灭,山水之间自有深情,花木之中蕴含大美。仿古人之雅兴,向山水借一份悠然,偷花木三分情怀,铺一路秀色,开满春天!

第二辑　偷得浮生半日闲

— 寂静 —

越来越喜欢独处。热闹与繁华，终究是一时的，而在那种喧嚣里常常迷失了自己，更多的时候，天地光阴，是一个人的山长水远，是一个人的寂静清欢。

静静的夜里，捧一本喜欢的书，将自己融入文字中，不为尘世所烦扰，掩去了白日的嘈杂与纷乱，将一颗浮躁的心慢慢沉淀。仿佛整个世界都是静的，这是我最爱的时光，独享那份寂静与清凉。

寂静是美的，一个人的时候，闭上眼睛，你能听到花落的声音，能听到灵魂在歌唱。有时候寂静也是一种力量，让你学会沉淀，学会思索，学会享受，享受自然之美，感受人生之静幽、生命之美妙。

寂静，更是一份禅意，在寂静中安抚好自己，让你领悟的更深，放下的更多，从而走得更远。

一个人的时候，是寂寞的，是空灵的，是诗意的，是忘我的。我深深地迷恋上这种味道,心灵在寂静中独舞,有一种不被约束的大快乐、大自在。

安静也是一种修为。喜欢独处的人,一定具备足够的精神强度来支撑,他(或她)的灵魂是饱满而丰盈的。周国平说:人生最好的境界是丰富的安静。安静是因为摆脱了外界浮名虚利的诱惑,丰富是因为有了内在精神世界的宝藏。相反,那些不懂得聆听寂静之声,害怕孤独的人,心灵一定是空泛的,甚至是没有精神内核的。

一个人独处,或许孤独,但它不等同于寂寞。安静下来,尽享生命的清幽,那是对人生最大的奖赏。孤独也是一个过程,像一只等待破茧的蝴蝶,或是一只幽居的蚕蛹,等待着生命的绽放,这一切都在孤独中来完成。

寂静,是一种豁达,也是一份从容。当你不在意得失,看淡名利,懂得感恩,学会放下,把失去当作一种收获,把遗憾当作另外一种成全,你就会越来越快乐,越来越饱满。

寂静也是一种生活态度,内心的丰盈足够抵御尘世的纷扰,聆听心灵深处的呼唤,学会用一颗淡然的心去对待生活。不论贫穷或富有,风雨或坦途,都能让时光变得饱满而轻盈,让走过的每一天,都散发出幽幽的暗香。

一个人的夜晚,望着墨色的天空,夜色是这样的安宁,空旷寂寥。这样的夜色是用来冥想的,想象着千年前的古人,或许就是此时的我,那一刻他们和我一样有着相同的心灵。浩渺的宇宙间，我们不过是一颗转瞬即逝的流星，又或是一粒微不足道的尘埃，这个世界是我的，又不是我的。

喜欢听雨，喜欢赏雪。听细雨敲打窗棂，听雨落在树叶上发出的滴答声，看一场纷纷扬扬的雪花飘洒天地间。那一刻，时光是静谧的、幽远的，仿佛在弹奏着一曲世间最曼妙的梵音。

那一刻，万丈红尘，纷纷退去，不浮躁不波动，只剩下这空灵的雨声与雪影，把世界织成了一帘静梦，落得白茫茫一片大地真干净。而我，在这诗意而空灵的意境中，深深沉醉。

纷纷扰扰的尘世，我可以静坐一隅，安然地煮一壶茶，放一曲涤荡心灵的乐声。看叶片在杯中舒展，赏庭前花开花落，望天外云聚云散。然后看一段清浅的文字，写一行温暖的句子，捻一指寂寞清香。这样的小光阴是静谧而美好的。

万事皆在身外，万事皆在心中。何须风尘仆仆地去追逐远方的美景？只要心中有美好，懂得享受生活，有一双慧眼，处处都有醉人的风景。

寂静，是走过繁华之后，内心渐渐变得淡泊和宁静，豁达与恬淡，那是生命的意境，亦是东方文化内敛含蓄之大美。寂静，是梅开清凉地，皓月升碧空，大漠孤烟直，长河落日圆。

生命最好的状态，不是活到繁花似锦，而且烟花落尽后的一地清凉。人生走到最后，注定是一个人的浪迹天涯，穿云破雾。那个时候，世界不再聒噪，天地一片澄明，江山万里路，清风朗月任我行。

- 诗心 -

蒹葭苍苍，白露为霜。

喜欢那一片郁郁青青的芦苇。浅秋了，它们开了一束束褐红色的花絮，在风中烁烁飞扬，舒展着柔美的身姿，翩翩而舞。仿佛从远古的诗经里走来，像在水一方的伊人，等待着与你的相约。

清晨在河边散步，这是一条并不宽阔的河流——徒骇河。岸上芦苇青青，水草丰茂，一朵朵小野花张着笑脸，红黄白粉，在风中招摇。碧水清清，岸边泊着一条船，却不见了摆渡人，野渡无人舟自横。远远地望见有白鹭在水面上下翻飞，不多，就一只。芦苇丛旁，还坐着一位悠闲的垂钓人。

为了拍那丛芦苇，顾不得露水打湿了鞋子，沿着河边垂钓者的方向走去。悄悄在他身后拍了几张照片，怕惊扰神情专注的他。不仅哑然，他有他的雅兴我有我的喜好，各有各的乐趣。

配上图片发了朋友圈，引来一片喝彩，好多朋友点赞。有朋友留言：

第二辑 偷得浮生半日闲

诗般恋日，心境优雅，美哉！还有一个远方的朋友特意打来长途电话："这是什么地方？好美哦！我也想去看看。"

其实，只要你用心去发现，身边处处都有美。

同学出去旅游，有的发来黄果树飞流直下的瀑布，有的发来恢宏壮观的兵马俑阵列，还有更美的布达拉宫高天上的流云。朋友每到一处必发来一看，并不羡慕。不急，这么地方我早晚都要游遍。

其实，过日子哪有那么多轰轰烈烈，哪有那么多鲜衣怒马、一日看尽长安花，多数人，大多数的日子，还不是这细水长流、平淡如白开水的烟火人生嘛。能把复杂的人生过得简单，就是不简单，能把平凡的生活过出诗意，就是不平凡。

风中摇曳的野花，顶着朝露的幽草，翠鸟在枝头歌唱，花间有蝴蝶嬉戏。叼着虫子的麻雀，立在草尖上的蜻蜓，俯身静听，秋虫的合唱简直就是一首天籁，源源不断、充盈于耳，润泽着一颗日渐荒芜的心。

忘却了奔波之苦，没有了案牍劳形，只是一颗闲闲的心，一份静静的念。

花好，爱好，光阴好。万物美好，我就在美好之中。夫复何求？

身后就是滚滚红尘，眼前却是万般幽静。一步之遥，竟是天壤之别。原来，不必去追逐远方的风景，只要心地纯净，眼中处处皆美景。

不要小瞧了这些花鸟和草虫，它们在纷扰的红尘里静静地安于一隅，活得自由自在，自然随性，枯荣随缘。有时候人类却活不出它们的姿态。如果能够借得草木一颗闲心，活出一份从容一份淡然，那么，你的人生也就圆满了。

散步时经常遇到一对白发老人，他们在路边开了一个简易的洗车店，有来洗车的顾客自己动手，收费很低。老人就住在一间低矮潮湿的简易房内，从路边一眼就看到屋里陈旧不堪的家具，以及床上潮湿的被褥。尤其是夏天，我担心下大雨会被冲倒。

那样的环境里，不知老人是怎么熬过来的。可每次看到他们，却逍遥得像个神仙。窄窄的门前，一个硕大的葡萄架，撑起了一片绿荫，两旁还有树。生意不忙，洗车的人像到了自己家，随意进出屋内拿东西，还不忘随手摘下几粒葡萄吃。葡萄架下永远摆着一张方桌，或吃饭，或洗衣摘菜，有没有顾客的时候，二老就坐在绿荫下，一个手里一把蒲扇，一个叼着香烟，悠闲自在地喝着茶，看着过往的行人。老人祥和的目光里，永远是一副天长地久的模样。

把平淡如水的生活，过得有滋有味。他们不会写诗，却把烦琐的日子过成了诗。

见过一种植物，长着层层锋利如剑的叶柄，却在刀光剑影的丛林里，开出一大串乳白色的花来，一朵朵玲珑温婉如荷包，花团锦簇。后来才知道，她有一个非常诗意的名字：剑兰。

原来，无论世事多么尖利，岁月如何蹉跎，也可以在一片荆棘中，捧出一颗兰一样柔婉的诗心。

独步黄昏

喜欢黄昏，一个人，只是一个人，觅一处静幽，独自缓缓漫步在绿树成荫、碧水环绕、花木深深的公园里。

这真是个好去处，尽管每天清晨抑或黄昏，都有好多人接踵而来，络绎不绝，但绝对没有了白日里的那些喧嚣。来到这里，那些无名的繁扰，顿失得荡然无存。有的只是一颗简洁如水的心，和一片万里无云万里空的纯净澄明，蔚蓝宁静。

就是一个人，带着一颗无瑕的心，不需要谁来作陪，只闻花香，不问来人，亦不问谁是谁不老的前身。选择一条无人的小径，悠然地走着，与路边的花草和垂柳诉说着默默心语。静静地沐浴在夏风的清凉里，让温柔的风涤去心灵的尘埃。

心好累，不想去流浪，只想卸下一肩的疲惫，此时，只想把自己融入这一弯绿色里，深深沉醉！

寂静是美的，一个人的时候，闭上眼睛，你能听到花落的声音，能感受到灵魂在浅唱。有时候寂静也是一种力量，让你学会沉淀，学会思索，学会享受，享受自然之美，感受人生之静幽，生命之美妙。寂静，更是一份禅意，让你领悟得更深，放下得更多，从而走得更远。

掬一捧清凉，去拥抱大自然，感受时光的美好，淡淡的清欢，在流年里默然含笑。捻一指岁月的沧桑，让温暖在眼眸里流淌。

不再迷茫，也不再彷徨，已是知天命的年龄，世界之大，我如此之小，还有什么，不可以放下？

所以很多事情看开了，也想通了，未来与过去都一样遥不可及，莫如活在当下，把握眼前，好好珍惜。用心过好每一天，甚至每一分每一秒，都要过得精致与美好。

自己的快乐，不需要与人分享，自己的幸福，不需要有人懂。天色向晚，醉看夕阳，就这样静静地走着、走着，看着阑珊的灯火，听着悠扬的乐声，望着川流不息的人流，心中总会升腾起莫名的感动。

非常喜欢周国平的这段话：有钱又有闲当然幸运，倘不能，退而求其次，我宁愿做有闲的穷人，不做有钱的忙人。我爱闲适胜于爱金钱。金钱终究是身外之物，闲适却使我感到自己是生命的主人。

独步黄昏，一个人去享受生命的清幽。

第二辑　偷得浮生半日闲

- 读书，遇见更美的自己 -

在这个浮躁的世界里，必须有一颗静心，把人生的欲望降低再降低，才有可能专心做好一件事。

我生活的地方是一个纷纷扰扰的闹市，因为我的店铺门前就是一条省道。整天人来人往、车水马龙，你坐在屋里看电视或者与顾客说话，声音太小了都听不清。同学朋友来到我这里一看，惊讶地说：在这样嘈杂的环境里，你是怎样写出书来的？真服了。我笑，闹中取静，这也是一种修为吧。

所以，经常是这样，窗外是汽车轰鸣、人声鼎沸，我静坐一隅，清茶一杯、潜心读写自得其乐，抑或是一边给顾客介绍产品，一边构思我的文章该如何下笔。心远地自偏，我的两本书，都是在这种车水马龙的繁杂闹市中完成的。

静是一种气质，更是一种修为。心浮气躁注定成就不了大事，"万物静观皆自得，四时佳兴与人同。"惟静，才能照见万物、遇见美好。

每天沐一缕暖阳，看一朵闲云，采一页清风，写一行暖字。告诉自己，生活的每一天都能时时见到欢喜，以及时光的静美。这是我喜欢的。

我们无从把握命运，也无法改变周围环境，但可以转换自己的心情。在粗糙繁杂的日子里，认真地过好每一天，让自己活得更灿烂，带着一颗愉悦的静心，感恩生命，善待生活，不辜负世界不辜负自己。即使无法延长生命的长度，但可以拓宽生命的宽度，让自己活得更有价值。

也许是成了一种惯性，每当写完一篇文章，就为下一篇该写什么而苦恼。他常说我，你正常一点好不好？没有就不写，干吗这样折磨自己。想想也对，文字就是一种爱好，不要因此成了负担，写作只是业余，生活才是永恒不变的主题。不要为写作而写作，写作是内心的一种需求，是为了给灵魂找到一条回家的路。

没有拼搏没有进取，人生便失去了存在的意义，没有苦没有累，生活便没有滋味。做自己喜欢的事，是兴趣是情怀，做自己该做的事，是责任是梦想。趁风华正茂去做你该做的事，趁时光未老去做有意义的事，可能有一些成长的痛，可能会有破茧的苦，不过没关系，不经历风雨，何以见彩虹？坎坷人生路，爱拼才会赢！

因此，我从来不敢怠慢，哪怕是一点时间，我都会利用起来。清晨早早起床先看一会儿书，甚至去卫生间有时还抱着书，晚上更是不知夜深几许。没想到，人到中年，反而成了闻鸡起舞、头悬梁锥刺股的拼命三娘了，不用扬鞭自奋蹄。

我的文章就是这样日积月累，把别人喝茶聊天斗地主的闲散时光，都用来读书写字，生活也因忙碌而更加充实和有意义了。

三毛说，书读得多了，容颜自然会改变。努力做个有品味的女人吧，可以没有国色天香，因为如花美眷，终究抵不过似水流年。长得漂亮不如活得漂亮，用墨香供养着灵魂，丰厚的阅历和处世的练达，不老的情怀和从容的姿态，可以与日月争辉，无惧时光老去。

腹有诗书气自华，岁月从不败美人。哪怕有一天岁月会在你脸上刻下印记，也会催白了你的青丝，但只要你的心灵不荒芜不沧桑，保持一颗不老的童心和浪漫的情怀，你就会永远年轻。

读书的女人，永远是最美的，能够一直优雅到老。而且随着阅历的积淀，会越来越美。女人，一旦活到没有了年龄、没有了性别，那才是真正的大师级的修为。

也许有人会问，读什么书才是好书呢？于我而言，适合自己的就是好书。它不一定是经典或名著，也不一定非要是畅销书，我个人从来不去看那些排行榜。

我是这样认为的，一本能打动你的书，或者是一篇能感动你的文章，能够引发你的共鸣，它就是好书。好书就是这样，一见钟情，相见恨晚。读书，不带有功利心和目的性，更不是为了无聊的消遣，这样的读书才是灵魂的自由，才是最美的最快乐的最享受的。

读万卷书，行万里路。如果你没有条件去远行，那么就读书吧。读书，能让你遇到更美的风景邂逅更美的自己；读书，让你的生活每一天都富有诗情画意。

书卷多情似故人，晨昏忧乐每相亲。

邂逅一本好书，犹如邂逅一处美景，知遇一位良人。万丈红尘，静坐一隅，醉情于文字的山水中，陶然忘忧，神思飞扬，静品流年清欢，独享唯美时光。

读最好的书，做最美的人。读书，邂逅一个更美的自己。

第三辑／储存阳光，必有远芳

第三辑　储存阳光，必有远芳

- 储存阳光，必有远芳 -

人活一世，不过百年，最理想的生活状态，莫不过是尘世里的一抹岁月静好与现世安稳。能化消极为积极，把复杂简单化，将心归零，驱散阴霾，储存阳光，那么，漫漫人生，就会收获美好，一路芬芳。

坚定一份信念，守住一颗初心，不以物喜，不以己悲，这样的人生，终将不会被辜负。

善良，是人生最美的修行。

人性本善。无论相貌，无论出身，善良的心是最美的；无论富贵贫贱，不分年龄职业，善良的心是最可贵的。善良是做人的根本，一颗慈悲心，无论走到哪里，都是一束光。能让人强烈地感受到你心中的阳光。既照亮了别人，又温暖了自己。

诸恶莫做，众善奉行。身在俗世中，始终慈悲为怀，以善为本。爱出者爱返，福往者福来，看似帮助别人，实则提升了自己。好人好报，善有善报，即使一时得不到回报，也不要误解了善良，得道多助，路行自宽，福虽未至，祸已远离。相信，你所付出的善良，总有一天会回馈你。

善良，是人性中最好的情怀，是世间最美的花开！

或许，人生的路有千万条，而选择善良，无疑是最美的修行。

所有的磨难，都是一笔财富。

人这一辈子，没有白受的苦，也没有白遭的罪。所有磨难，都不过是一块跳板；一切的经历，都是一笔财富。苦也好，悲也罢，看似一团乱麻，到最后，所有的挣扎与无助，所有的负累和隐忍，都将是上天赐予我们的一份厚礼，照亮未来漫漫人生路。

干净，是一个人最好的底牌。

契诃夫说：人的一切都应该是干净的，无论是面孔、衣裳，还是心灵、思想。

红尘俗世中，多数人活得并不轻松。忙忙碌碌，为前程，为生计，疲于奔波劳顿，疲于案牍劳形，疲于攻心谋算，疲于风餐露宿，疲于林林总总的规则……

奔波的劳碌，世故的琐碎，交织成生活的原滋味。

熙熙攘攘间，很多人都走丢了自己最初的样子，都市的繁华里，心却找不到一个安放的地方。

能够保持一颗干净的初心，清清白白做人，干干净净做事，是多么

第三辑　储存阳光，必有远芳

难能可贵！

不为名利所缚，不被得失所惑，做真实的自己，不以物喜，不以己悲，淡然面对流水人生。

《浮生六记》讲：世事茫茫，光阴有限。算来何必奔忙。人生碌碌，竟短论长。却不料荣枯有数，得失难量。荣华花上露，富贵草头霜。机关参透，万虑皆忘。

其实，生命本身就是一场承受，为名忙，为利忙，到头来，忙忙碌碌一场空。多少落花逐流水，多少前尘成过往，多少繁华随烟灭，多少成败葬时光。

欲得净土，当净其心。智者调心不调身，愚者调身不调心。当你拥有智慧，并用智慧思索这变化无常的人生，便渐渐远离了痛苦，也同时拥有了幸福。

我喜欢和你在一起，因为你有正能量。

做一个有正能量的人，因为他们都是光芒四射的人。

正能量，就是一种阳光的心境。犹如一种磁场，给人的心灵带来强大的吸引力。他所传递给你的，都是积极乐观、快乐向上，充满热情、希望与信念的美好情绪。

与高人为伍，与善者同行。传递温暖，传播正能量，让生活充满阳光。

淡定是一剂良药。

水流心不静，云在意俱迟。

淡定并不是叫你消极处事碌碌无为，也不是孤芳自赏去虚度时光，它是一种人生的态度。

淡定的人追求的是内心的丰盈，不人云亦云，不随波逐流，又不甘心平庸无为，只想在平凡的人生里有梦想、有追求。或读点有用无用之书，或寄情于山水自然，渐渐地丰富了自己的内涵，因而变得与众不同。

多了点修养，少了点市侩，内心有一个独立的精神世界，灵魂自带香气，苟且的生活里，便多了一份诗意与美好。

三毛说，人活着还真是件美好的事，不在于风景多美多壮观，而是在于遇见了谁，被温暖了一下，然后希望有一天，自己也成为一个小太阳，去温暖别人。

多好！让自己成为一个小太阳，被温暖着，然后怀揣着一束光，再去温暖别人。如果人人都成为一盏灯一束光，这将是一个无比深情的世间。

储存阳光，必有远芳。

心中有暖，又何惧人生荒凉？

第三辑 储存阳光，必有远芳

- 不争 -

老子在《道德经》中言："圣人之道，为而不争。"唯有不争，才是人生修养的最高境界。

纷纷扰扰的尘世，归结起来就是一个字：争。为名、为利，吵闹、喧嚣、怨恨、钩心斗角、尔虞我诈，都源于争。

假如，我们的心胸开阔一点，争不起来；得失看轻一点，争不起来；眼光看低一点，争不起来；功利心淡一点，争不起来；虚荣心少一点，争不起来……

真理没有必要去争辩，实践才是检验真理的唯一标准。一切真理与正道，只有用心去修行，才能真正领悟。

有能力的人从来不需要去与别人辩论什么，即使面对那些小人的诽谤或人身攻击，也没必要去理会，让时间来验证，用事实来说话。花言巧语、能言善辩的人不一定聪明，聪明的人一定有一颗不争的心，他们知道如何埋头苦干，壮大自己，强大内功。世界是自己的，与别人无关。

荣誉没有必要去争，是你的就是你的，不是你的争也没用。桃李不言，下自成蹊。支撑我们变得越来越强大的不是别人，是我们不断的进取，提升自身的才华与素养。多读书，腹有诗书气自华，读书才能遇见更美的自己，读书才能让你变得更有魅力，我若盛开，清风自来。

事实永远胜于雄辩。聪明的人懂得沉默是金，无须去争，而那些巧言令色的人，是那么的浅薄和无知，他们空乏其谈终将一事无成。因此，守住一颗心，守住自己的嘴，修口德，远离是是非非，不高谈阔论，不评头论足，不诋毁他人，不羡慕，不嫉妒，修得一颗平常心，真诚待人，与人为善，忍辱不辩，繁华不惊，才是君子之所为。

不期望所有的人都懂你，当有人误解时，你最好保持沉默。因为懂你的不用你说，不懂你的人，白费口舌，生活中有许多无言以对的时候。而对于那些恶意诋毁你的人，更不必说，与其和那些无聊的人浪费精力，不如抓紧时间做好自己该做的事。

智慧的人用行动来说话，愚蠢的人才用嘴巴说话。水静深流，人稳不语。赢在嘴上不如赢在心上。那些咋咋呼呼、急功近利的人，甚至别有用心不惜一切去诋毁别人，这样的人往往是浮躁的、狭隘自私的、心虚可笑的。对于这种浅薄卑鄙的行为，莞尔，是最大的蔑视，沉默，就是最好的回答。

佛说，相由心生，命由心造，种善因才会得善果。当一个人的心念

第三辑　储存阳光，必有远芳

被扭曲，他的德行一定是丑陋的。因为心中包藏着污秽，所以眼中看到的都是丑恶。见不得别人比自己优秀，除了羡慕嫉妒恨，就是费尽心机地恶意中伤、诋毁和排挤。

这种人最大的特点，就是摆不清自己的位置，自以为是，狂妄自大。岂不知你的德行低劣，气场还能好到哪里去？也许能得一时之快，逞一时之强，但最终折损的是你的身价，贬低的是你的人格。

做人要谦卑，提升自己的，是真正让人心服口服的实力和正能量，而不是丧心病狂的恶意诋毁。有厚德才能博载万物，内心美好，才能遇见美好，心存善念，才能吸引更多的同行，迎来更多的赞誉。

君子坦荡荡，小人长戚戚。要学会大气，不轻易拿自己的涵养去挑战别人的浅薄。生活并不是事事都顺心如意，总有人喜欢你，也有人不喜欢你。有些事，看透了，我不说；有些人，看清了，我不言。渐渐学会了远离烦恼，远离是非之地，远离那些不快乐的人和事。多一点慈悲心和宽容心，少一点虚荣心和嫉妒心，静心做自己，心安既是归处。

拥有一颗平常心，荣辱不惊，得失随缘，红尘三千事，坦然一笑间。做最美的自己，相信总会有美好相伴。总有一天，你会感激那些诋毁你的人，是他们成就了你，才能让欣赏你的人更欣赏，让嫉妒你的人更嫉妒。

杨绛先生一辈子与世无争，默默无闻，笔耕不息，而流芳百世。她非常欣赏的就是英国诗人兰多的那首诗：

我和谁都不争，和谁争我都不屑。我爱大自然，其次就是艺术；我双手烤着生命之火取暖；火萎了，我也准备走了。

第三辑　储存阳光，必有远芳

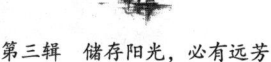

－ 勿以善小而不为 －

在微信上看到一个很感人的故事。

一位女士在一家肉食品加工厂上班。一天，当她做完了所有的工作，走进冷库例行检查时，突然间，冷库房门意外地关上了，她被锁在了里面！她竭尽全力地拍打着、呼喊着，但都无济于事，没有人能够听到她的哭声。因为工厂已经到了下班时间，谁也不知道这冰冷的库房里所发生的一切。

五个小时过去了，当她绝望地徘徊在死亡的边缘，这时候，奇迹出现了，工厂的保安打开了房门，她被解救出来。

其实，这并不是保安分内的工作，可他怎么会想起去打开那个冷库房门呢？

他是这样解释的：我在这家工厂工作了三十五年，每天都有几百人进进出出，而你，是唯一每天早上向我问好、晚上跟我道别的人，许多人视我为透明看不见的。今天，你像往常一样来上班，简单地给我问声"你好"，但下班后，我却没有听到你跟我说"再见""明天见"，我知道可能发生了一些事。这就是为什么我在工厂每个角落寻找你的原因。

人人都希望被尊重，而尊重一个人是如此简单。人敬一尺，我还一丈，没想到，关键时刻还挽救了她的性命。而这些看似容易、简单易行的善言善行，却常常被我们所忽略。

一句赞美的话，有可能改写一个人的人生。

台湾作家林清玄，当他还是记者时，曾报道过一次很平常的盗窃案。不同之处在于他在结尾作了一句点评："以如此娴熟、细腻的手法作案，真让人惊叹，这样的人若做其他正事难保不成行业先驱。"

那名小偷深感愧疚，从此洗心革面，发奋图强，凭着自己的努力成为台湾几家大型连锁食品店的总经理。可见，林清玄一次衷心的赞美，鼓舞和激励了小偷的斗志，使他重新做人，从而演绎了人生的传奇。

联想到另一个真实的故事。曾经有一位老人，在1976年时，他是唐山一个水库的管理员。经常一个人住在水库的配电室里，他喜欢养一些小鱼儿，于是就在一口闲置的水缸伺弄着。一个夏天的夜晚，他听见有动静，出去一看，原来是一只狐狸前来偷吃鱼，掉到缸里怎么也爬不上来了。

当他用手电筒照着这只讨厌的狐狸、想弄死它的时候，看见狐狸的眼里满是惊恐和哀怨……最终他放了它。

第三辑 储存阳光，必有远芳

就在 1976 年 7 月 28 日凌晨 3 点左右，正在睡梦中的他，被一阵阵急促的抓门声和咕咕的叫声惊醒。他感觉是那只狐狸，于是打开房门，那只狐狸焦急地望着他，转来转去。还没等他弄清楚是怎么回事，那只狐狸忽然之间咬住了他的鞋带，并使劲地往外拖。他跟着狐狸走出了房门，来到了院子里。

这时候，大地震发生了，他住的配电室瞬间坍塌！

爱出者爱返，福往者福来。原来，善意是这么美好；原来，冥冥之中一切皆有轮回。

我们不求善有善报，我们只求无愧于心，要学会时常保持一颗善心和恭敬心，要懂得尊重身边的每一个人，善待每一个生灵。万事万物皆有灵性，恭敬心和善意是获取一切智慧的法宝。

一句简单的问候，一个小小的善举，一个暖暖的微笑，都是爱在流转，温暖在传递。勿以善小而不为，不要低估了它的能量，如果人人都献出一点爱，这将是一个多么美好的世界。

- 爱的轮回 -

母亲病了，需要手术。

在赶往省城济南的途中，老姨看着身体虚弱的母亲对我说：小时候啊，你胸前长了个血管瘤，一个礼拜就得去济南做一次治疗。那个时候只有火车，而且当天要赶回来，你娘就这样抱着你，也不知道大字不识一个的她，是怎么来回往返几百里赶到的。现在好了，又轮到你送她去看病啦，唉！老姨长叹一声。

是啊，历史总有着惊人相似的一幕。小时候，我是母亲的孩子，母亲喂我吃饭、领我走路、送我上学，我哪一样离得开母亲？可不知从何时起，母亲老成了我的孩子，吃喝拉撒睡都需要我来照顾。我喂她吃饭，给她洗衣服，搀扶她楼上楼下做各项检查，她像个孩子一样，一步也不敢离开我，生怕找不到我。

我想起了我的伯母，在生命最后的那段日子里，时而糊涂时而明

第三辑 储存阳光，必有远芳

白，但总喜欢拉着堂哥的手。我去看她的时，堂哥给我去倒茶，刚刚说了会儿话，她就喊堂哥过来。堂哥说，妹妹来了，我和妹妹说会儿话好吗？我问堂哥她要干什么，堂哥说，没事，她就是喜欢拉着我的手。

人啊，一旦老成了孩童，就像小时候的我们，总要拉着母亲的手，才觉得踏实吧。

随着年龄的增长，越来越明白，这个世界上，有一些东西会一直陪伴我们左右，直到生命的终结。也终于懂得，有一种爱叫轮回，只不过它变换了时空，但那相似的场景，一次次重现。

俗话说得好，我养你一小，你养我一老。当初母亲为我们做的那些，现在又该轮到我们为母亲来做了。我们在母亲的爱护中长大，母亲在我们的搀扶中老去，两代人生命的衔接处，我们互相扶持用爱来共同走过这一程。

世间正是因为有了爱的轮回，才会有爱在流转、温暖在传递，人类才得以生存并繁衍，且生生不息。

我们常常思考生命的意义，我想，这，也许就是我们活在尘世最深的眷恋吧。

- 信任 -

在路边等公交车，不断有车过来询问：坐车吗？这时候又过来一辆豪车，一看就知道是辆私家车，"你们是到市里吧，上车吧，我免费把你们捎过去。"

我和女友面面相觑，哪有这种好事啊？不过看车主一脸的真诚，我们就上了车。一问才知道，他不是本地人，是来当地一家化工厂办业务的，恰好去市里顺便捎我们过去。

"你俩真够可以的，一路上我问了好多人，可怎么说就是不上车，他们不相信。"他笑着说。

"那你为什么还要拉呢？"我好奇。"我走到哪里都是这样，能顺便帮人就帮，反正是举手之劳嘛。"他说，"可就是多数人都不相信，呵呵。"

是啊，现在的社会，要钱是正常，不要钱反而不正常了。你要钱他放心，不要钱反而让人担心，真是悲哀。

第三辑　储存阳光，必有远芳

到底是哪里出了问题，人与人之间连最起码的信任都没有了呢？如果都像这位司机一样助人为乐，如果多一分信任，这个世界该有多么美好。唉，有时候，做个好人也挺不容易。

说话间到了市里，他非要坚持把我们送到了目的地才罢休，望着他绝尘而去，才恍然想起，居然连他的名字都不曾留下。

这个世界，还是好人多。

去山西平遥古城，是夜里一点多的车，我们在火车站取订好的车票的时候，售票员告诉我们，这是昨天的票，今天已经作废了。恍然大悟，原来，我们几个都忘了是凌晨一点半！只好又重新买票，折腾了半天。

我和同行的女友刚刚坐下，坐在候车室等待检票。此时，对面走来过一个抱孩子的女人，"麻烦你帮着看一下孩子，我去一趟卫生间。"

她几乎用命令的口气，根本容不得我去想一想该怎么办才好，还没等我反应过来，她已经抽身走了。我和女友都愣在那里。

"她会不会是骗子呀？"女友说，我看着怀里的孩子，又望着那人的背影，"你盯住她，别叫她跑了啊。"

再仔细一看那孩子，大约四五岁的样子，大概是因为她已经睡着了，我们唤她她也不应，使劲睁了睁眼，我怎么看，她就是一副唐氏综合征的模样。心里一个劲儿地嘀咕：坏了，她一定是想抛弃孩子！

这可咋办？一旁的女友也急了，"火车快来了，就要检票了啊。"可还是不见那女人出来。

这期间不过十分钟,但我像经历了半个世纪一样漫长。我甚至想好了万一她真的不来了,我得先去找车站服务处,或者报警,把情况说清楚。

开始检票了,还是不见人影,正当我们焦急万分的时候,那个女人终于出现了。

"你可来了,你把孩子交给我们,就这么放心吗?"

女友急急地说。她接过孩子笑笑,"有啥不放心的,一看你们就不是坏人。"

虚惊一场!一颗悬着的心终于落地了,我长长地松了一口气。不禁汗颜,暗暗自责:人家那么信任我,看我想到哪里去了?

原来,这个世界并没有走丢了信任,而是你把原本很简单的事,想得太复杂了。只要心简单了,世界就简单了,一切都是美好的样子。

第四辑 / 月是故乡明

第四辑 月是故乡明

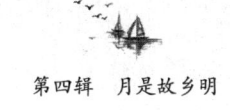

- 难忘苜蓿香 -

从小在农村长大的人，对于苜蓿，都保留着深厚的感情。在我很小的时候，就与苜蓿结下了不解之缘。

苜蓿是一种多年生草本植物，有着顽强的生命力，耐干旱且根须发达，只需一次播种，就能年年生长。阳春三月，便冒出嫩绿的幼芽，开始是这一小朵那一小朵，远看像铺了一层淡淡的绿纱，不几日便渐渐长高，是一汪翡翠了。这时候便是采摘苜蓿的好时节，苜蓿营养丰富，不仅是喂养牲口的好饲料，而且是春荒时节上好的野菜，尤其是在那个缺吃少穿的年代里，甚至是农村人的救命菜。

大集体那会儿，生产队养了二十几头牛马骡，因此就种了一大片苜蓿。

春天，放学回来的第一件事就是，把娘缝的布书包往炕头上一扔，再去锅里摸出一块玉米或高粱饼子，背起背筐和几个小伙伴一起去地里拔野菜。

生活很艰苦,每天吃的都是杂粮,玉米面、高粱面和红薯,几乎没有什么蔬菜,除了冬天剩下来的大白菜和萝卜以外,吃得最多的 360 天雷打不动的老咸菜。想吃一顿面食太难了,除非等到家里来了客人,或者到了过年的时候。而春天的时候,野菜下来了,尤其是鲜嫩的苜蓿,便成了饭桌上人们最受青睐的美味。

我们要跨过一条小河才能到达那片苜蓿地,河水浅的时候,找个最窄的地方,从水这边一下子跳到水那边,河水深点就不行了,得脱下鞋来蹚水过去才行。爬上岸来,就看见嫩绿的苜蓿在风里招摇,仿佛在招呼我们,兴奋极了。

先观察好周围没有"敌情"后,方可去偷,因为生产队有专人看管的。每个人分散开来,去掐那些苜蓿尖尖,还不时地比赛看谁掐得多。正带劲的时候,听到有人吆喝,"来人了,快跑!"纷纷背起筐撒腿就跑。慌忙中过河时,一个同伴把鞋子弄掉了一只。

白天目标太大,就改在晚上去偷,选一个夜黑风高的夜晚,一伙人沿着小路悄悄前行,到了地里就东一把西一把的胡乱揪起来,有的拿着布袋子,有的背着筐,一会儿工夫就满载而归。

那个时候全村人都是这么干的,不偷吃什么呢,又没有自留地。所以那一地一地的苜蓿,不但养活了牲口,还养活了一村人。年复一年,春风一吹,生生不息。

第四辑　月是故乡明

苣荬的做法有好几种，但我最喜欢做成菜馅吃。母亲把苣荬择洗干净切得细碎，用面粉和玉米面混合擀面皮烙成盒子，因为面粉不舍得吃，然后用软柴火在灶台下烧火，并使其受热均匀，这样烙出来的盒子不过不欠恰恰好。或者是用玉米面包成的菜团子，尽管没有肉，馅绿皮黄，咬一口也满嘴生香。

还有一种做法：把苣荬用水洗净，与少量玉米面粉拌匀，再放到锅里蒸，不长时间一锅香喷喷的苣荬糠团就做好了。无论直接抓着吃，还是凉拌着吃都非常美味可口。在那个清贫的年代，苣荬的清香伴我长大，有苣荬吃的日子可真是太幸福了。

以至多年后，我一直念念不忘，对于苣荬有着一种特殊的情感。是敬仰，是感恩，是留恋，是刻在记忆深处的一份浓浓的乡愁。

夏季到了，苣荬长高了，开出了紫色的小花，一朵朵如同一只只迎风飞舞的蝴蝶，翩跹在绿色的草丛里。蜜蜂蝴蝶蚂蚱蝈蝈蜻蜓蟋蟀等，都纷纷赶到这个大花阵里徘徊流连，应有尽有，各得其乐。于是，苣荬地便成了我们的乐园。把筐头一扔，玩起来了，菜也不去拨了，因为这个时候的苣荬已经老了，不能吃了，所以没人看管了。

通常，捉蚂蚱逮蝈蝈是男孩子们干的，我们在一边提着自制的小巧玲珑的小笼子，看他们瞄着腰一点点靠近，猛地一下子扑下去，"逮住了，逮住了。"乐得蹦高。有时去扑蝴蝶，蝴蝶太多了，大大小小花花绿绿的多得是，直累得满头是汗。

等夕阳收起最后一缕微光，我们才想起筐还是空的，赶紧手忙脚乱地胡乱割一些苜蓿，好歹装在里面，不然回家要挨骂的，这些苜蓿可是猪爱吃的呢。

苜蓿不会一直那么长，它像韭菜一样，割了一茬又一茬。所以夏季生产队会经常派人去收割，把割完的苜蓿扎成一捆一捆的，到了饲养员那里放在铡刀边上堆成一垛。

一般情况下，都是四爷爷蹲在铡刀旁边，四爷爷瘸了一条腿，也许是队里照顾他才让他管理那些牲口。铡草是个辛苦活，需要两个人来完成，只见四爷爷蹲在地上很熟练地掐过一捆苜蓿，放在铡刀下面，另一个人则握住铡刀把儿使劲往下摁下去。"嗤嘎、嗤嘎"锋利的刀刃一下又一下，苜蓿的清香飘荡在空气中，这是我最喜欢闻的味道！不大一会儿，就变成一堆一寸来长的碎草芥了。

到了中午和夜晚，四爷爷会端着一大塞子碎苜蓿和草芥去喂那些牛马们，牛马欢快地吃着，还不时地打个响响的喷嚏。

秋天来了，生产队的队长领着社员，陆续地去收割最后一茬苜蓿，割完的苜蓿装运到牲口棚的场院反复晾晒，晒干后的苜蓿和干草一起，存放在草屋里，是牲口一年的好食料。

北风呼呼，一场冬雪过后，田野上一片寂静。我们到处去捡拾那些枯枝败叶回来当柴烧，一日三餐都离不开的，别说冬天还要烧炕了。村里村外都捡得干干净净，因此，那片苜蓿地也成了人们的目标。

第四辑 月是故乡明

散落了一地的干枝干叶,烧炕是最好不过了。开始是拿着耙子去搂,后来干脆用扫帚扫,一遍又一遍地打扫,一遍又一遍地收获。这神奇的苜蓿,真是取之不尽用之不竭啊。直到把那片苜蓿地都打扫得片甲不留、干干净净,这时候,反而成了孩子们打尕的好战场了。

从前,有泥土的地方就有苜蓿,有村庄的地方,必然有苜蓿的清香。想念苜蓿,想念故乡的味道。

拾柴火

小时候，还是集体生产队那会儿，经济条件差，缺吃少穿。"工分工分，社员的命根。"在那个按工分吃饭的年代，村民们每天听着队里铃声下地干活。地也薄，产的粮食不够吃，长出来的秸秆也瘦弱稀疏。连一日三餐的烧柴都成了大问题。俗话说得好，烟囱不冒烟，就别想吃饭，哪一顿饭也离不开柴火啊。因此，每家每户都堆放着一座或大或小的柴火垛。拾柴火就成了我们小时候经常干的活。

鲁西北平原，没有山，不能砍柴，只能在广阔的田野里捡拾。一年四季不得闲，放了学后，除了拔草，就是背起筐头子，到处去拾柴火。见到什么拾什么，只要能烧的什么都捡，树枝、树叶、棒秸、棒叶、枯草、芦苇，等等，甚至牛粪马粪，都捡来晒干后当柴火烧。

一茬茬的庄稼收割后，地里永远有拾不完的柴。麦收以后，我们去地里拾麦扎（麦子的根须），尤其是耕耙过的地，许多麦扎半露在外面，

第四辑　月是故乡明

半埋在土里。拿一把镰刀，边搂边拾，随手把麦扎上的泥土摔打摔打，往筐头里一扔，一会儿就拾满一筐。五月的太阳毒辣辣的，一会儿汗水顺着脸颊流下来了，用袖子一擦，顾不得两脚沾满了泥土。看着满满一筐的柴火，心里别提多高兴了。

秋天来了，这是拾柴火的好季节。收割完的大地上，一片寂静。不，并不寂静，反而更热闹了。庄稼没有了，来拾柴火的人却更多了。玉米棒扎（玉米根须）、高粱扎、玉米叶、黄豆叶、地瓜叶、棉花叶、蓖麻秸、芝麻茬，等等，散落了一地。人们拿着镢头，扛着耙子纷纷赶来"围攻"。刨作物扎须用小抓镢，连刨带剜，尽量刨得大些，不过挺累人的，多数是大人们的活。

清楚地记得，母亲弯着腰拿着镢头刨高粱扎，为了能把根须刨得大些，便先从四周一下下掘。当她用力去拔时，母亲哎哟一声瘫在地上，腰一动不能动了，在炕上躺了好多天，从那以后便落下一个终身腰疼的病。

收割完的大豆地里，落了一层层的枯叶。软软的，脚踏在上面发出沙沙的声响，人们都来抢。先用耙子圈出一块领地，算是拥有了一方领土，还有的为此发生争吵。用耙子一点点搂起来，运回家，晒一晌午就能烧了。

田野里的一切都捡了一遍又一遍，一个棒叶、一枝豆秸，甚至那些地瓜叶和棉花叶，最后都打扫得干干净净。等到刚刚播种下的小麦，冒出了嫩绿的苗苗，实在没有什么可拾的了，我们就跑到附近的沟边、陇头，以及河岸的树林里，因为那里有风刮过来的棒叶子。一根根捡起来，拿回家母亲自然非常高兴，那是做饭最好的引柴火了。

没有引柴火是不行的，尤其是赶上阴雨连绵的日子，柴火湿，不好点，干柴火也变潮湿了。每回母亲都趴在地上吹，我们也撅着屁股吹，烟熏火燎，满屋子烟，呛得眼泪都出来了。

那时候，农村总有大片的盐碱地，不长庄稼，到处都生长着野蒿子一类的杂草和灌木丛。长势旺盛，到了秋天，草枯叶落，只剩下粗粗大大的枝干。晒干后烧饭火势旺，又耐烧。还有河岸坡上，挤挤挨挨的刺槐，趁没人就去砍，和那些落了满地的槐树叶一起背回家。

当然，最喜欢的就是扫树叶了。立冬以后，北风一吹，那些树叶簌簌而下。我喜欢站在秋风里，看那些纷飞的落叶，像一只只蝴蝶，翩跹而舞。那时候少年不知愁滋味，更不懂得悲秋伤怀，一颗童心里永远装着天真和烂漫。只想着，如果这么多的落叶都归我多好啊，我就不愁没有柴火可拾了。

尤其是夜晚睡觉的时候，如果躺在被窝里听到呼呼地刮了起大风，那简直高兴得一夜别想睡觉了。因为明天又有很多的树叶可以捡了，不过还得早早地去，不然就被别人抢先一步了。

于是，天刚蒙蒙亮，背起筐头扛着扫帚，直奔树林。柳树榆树槐树叶子，用扫帚打扫干净了，一堆一堆的。那些大大的杨树叶子，是我们的最爱。用一根树枝往地上一捅，一片叶一片叶穿成一串，最后连犄角旮旯的每一片都不曾放过，全部收入手中才肯罢休。然后挂着一串串的树叶回家，神气十足，扬扬得意。

一场冬雪后，庄稼地里实在没有可捡拾的了。我们就去树林里拾"干棒"，剥那些老树皮，树杈上总有一些枯枝掉下来。有大胆的男孩子总是爬到树上去，够下来一些树枝，不管是不是枯死的。

我们也去沟坡上，那里的小槐树，伸手就能折下来。这些树枝都是硬柴火，好烧又省火。连沟边河岸的芦苇，也被我们扫荡得一干二净。那时本来就没有手套，所以经常冻得小手通红，脚冻得生疼，时不时用口哈哈气，再跺跺脚，但从没有感觉到苦。

除了做饭外，冬天烧炕也是用柴火的。不过一般都舍不得用好柴火，都是用那些剩余下来的零零碎碎的柴火末末，我们这里叫"格囊"。冬天，除了捡"干棒"就是去打扫"格囊"。那片苜蓿地便成了最好的战场了，天一冷，最后仅剩的那点稀疏的苜蓿都被冻死了，那些枝叶都变成了干柴，又特别耐烧，烧炕最好了。

呼朋唤友，相约而去。把筐一放，拿一把短扫帚，就是那种用得不能用的扫帚，左一下右一下，一扫而光，那些碎"格囊"应声倒下一片。神奇的是，打扫完一遍，再打扫还有，一遍有一遍的收获，简直就是取之不竭用之不竭。直到最后，把那片苜蓿地打扫得干干净净、片甲不留。

我们就摆开战场，开始玩游戏。这个游戏叫"刨高粱扎"，两个人

一组,背对着背,胳膊挽着胳膊,一个把对方背起,再放下,然后再换另一个,轮流转换。嘴里念念有词:

刨、刨、刨高粱扎,
刨到黑天怪害怕,
找个地方坐下吧。

这个是两个人同时念的,说到这里以后,一个把另一个背起,一个弯腰向下,一个仰面朝天,再一问一答:

天上有吗?
天上有星。
星里有吗?
星里有坑。
坑里有吗?
坑里有蛤蟆。
蛤蟆怎么叫唤?
咕——呱、咕——呱。

天寒地冻,北风刺骨,一张张笑脸像小苹果,红彤彤、甜蜜蜜。一

第四辑 月是故乡明

直玩到夕阳西下，炊烟袅袅升起，才恋恋不舍地满载而归。

往事如烟。如今，有了电气化，人们再也不用拾柴烧锅了。秋天，回老家，看到田里成片的棒秸，都秸秆还田了。还是路边茂密的野草，和树下堆积的层层落叶，以及河边沟沿上那些在风中飞扬的芦苇，都会勾起关于拾柴火的那段美好回忆。

和朋友忆起当年拾柴火拾粪的那些事，总是无限感慨，他还讲述了一段有趣的故事。那时候，他家就在供销社附近住，每天都有一辆驴车来供销社送货。为了去拾那驴粪，他每次都是还没等驴拉出粪来，就早早地跟在驴车的后面候着了，因为晚了就被别人拾去了。所以，每回捡回来的粪都是冒着热气的。

那个年代，物质上虽然清贫，却很快乐。那些温暖的往事和久远的记忆一直挥之不去。关于拾柴火的那段过往，会永远定格在我们这一代人，以及从那个时代经历过来的几辈人的心中。

– 喷香的记忆——翻花生 –

我们这里不叫花生，叫长果，源于"长寿果"的缘由吧。

小时候，生活贫苦，能吃上花生真是件十分幸福的事情。就盼着每年的秋收，等到生产队把有限的那点花生收割完后，便是我们这些小孩子们最高兴的时候了。一人一把小镢头或铁挠子，挎一只竹篮子或者筐子，吆三喝四地一起去地里"翻长果"去。

铁挠子是四齿的，用它在刚刚刨过的花生地里搂，或用镢头刨，不停地翻动着松软的泥土，所以称"翻长果"。翻长果一般都是妇女儿童干的，男劳力们忙完了秋收就去地瓜地里"翻地瓜"了，那种活必须用铁锨，比较费劲。

童年的心，总是充满期待的。那时候，最大的梦想就是能够刨到一篮子花生，因此，捡拾花生虽是个细致且有耐力的活，却也是最有吸引力而饶有兴趣的活。我们乐此不疲。

第四辑　月是故乡明

秋风送爽，艳阳当空，脚踏着松软的泥土，弓腰曲背，在地垄上一镢头一镢头地刨，一下一下地挠。把那片花生地从西头翻到东头，哪怕一丁点儿地方也不肯漏掉，像寻宝似的仔细寻找每一粒被遗落的花生。拿着镢头的手，不停地起落，眼睛也随着不停地转动。

当发现黑褐色的土里露出白白的一点，伸手一抠，一颗饱满的花生便出现在眼前。那份发现的欣喜，不亚于现在中了一回大奖！于是，干得更带劲了。一下又一下，虽然不是太多，但粒粒都是惊喜连连。

挑一颗大大的，用手捻巴一下花生上的泥土，随将花生放进嘴里，咔嚓一咬，取出乳白色的花生米，再填到嘴里，脆脆的、香香的、甜甜的，真是太好吃啦！新下来的花生，再加上一份捡拾的喜悦，别提有多美了。一份来自大自然的美味，清香可口，既慰藉了味蕾，又抚慰了心灵。

最高兴的，就是发现一个老鼠洞。因为老鼠也是专爱偷花生的，当翻着翻着看见一个窟窿，这时候，就赶紧喊人拿来铁锨，老鼠洞深，必须深挖才能找到。有时候会挖出一个大坑，最后，便会欣喜地收获一小捧白花花的长果。

有时还常常为了争夺领地而发生争执，后来由年龄大的把领地划分，每人几垄，还不时地比比谁刨得最多。

一块地翻遍了，再翻第二遍，甚至第三遍。这块地没有了，就再换一个地方，一天下来能翻好几片地。有时候，村里的地都刨遍了，干脆去外村的地里刨。我们村种的花生不多，我就曾经跟她们跑十里来路去外村刨花生。

那个村足足种了白余亩，那么大的一片，四邻八乡的妇女儿童，都纷纷前来倒花生。远远望去，黑压压的，满地都是人。人们有的带了干粮，一倒就是一天。饿了就吃块饼子垫补点儿；渴了就去小河边，捧一捧清凌凌的河水。

一天下来，东一下，西一下，南一下，北一下，运气好的话，会拾到多半篮子的花生。黄昏日落，提着那一篮沉甸甸收获，回到家，母亲的脸上露出了欣慰的笑容。

母亲说，"长果最养人了"，还说，"东头那个蛋子，一生下来就没奶吃，家里也没有好吃的，他娘就把长果炒熟了，然后嚼碎了，一口口地喂他。结果，长得白白胖胖，和他同岁的都不如他壮实呢。"大字不识一个的母亲，也知道花生有营养。

母亲把捡回来的花生仔细挑选，好的要晾晒，晾干后放在母亲的那个大立柜里，然后上了锁，以防我们这些馋猫们偷吃。那些瘪了的、不太成熟的花生就给我们当零食吃。其实，我最喜欢吃瘪了的，有一种甜甜的味道，至今，这个习惯都改变不了。

过年了，母亲用沙子在大锅里炒熟，炒熟的花生，脆酥香甜！母亲会分给我们一人一点儿，舍不得一下子吃完，就一粒一粒放在嘴里，细嚼慢咽。赶上家里来客人了，拿出来煮熟了，就是一盘好菜。

第四辑　月是故乡明

当然，我们最盼望姨家表妹表弟来了，他们一来，母亲才会打开立柜，拿出花生，我们吃着花生在院子里疯玩儿。临走的时候，母亲还会把他们每人衣服的口袋里，都塞得满满的。

我一直记得，那个袄上的衣袋有多大，一个足足可以装下一斤花生！

－ 麦秸垛 －

麦秸垛是一个时代的产物,它是乡村独有的一道风景。

20世纪七八十年代,每一个乡村都有成群的麦秸垛,而每一个麦秸垛都有着不同的故事。

麦收之后,热火朝天的忙碌场景退潮般偃旗息鼓了,人们开始打扫战场。在生产队遗留下来的大场院里,将碾压完麦子以后的秸秆,垛成一个个圆乎乎、胖墩墩的垛,然后顶部用泥一遍遍仔细抹好。于是眨眼之间,仿佛雨后春笋般的便冒出了许多个蒙古包似的麦秸垛来。

麦秸对于农家人是至关重要的,它的用途很多,但主要是用来作为牲口冬春两季的食料。联产承包责任制以后,牲口几乎成了每家每户必需的一种生产工具,耕耘、播种、收获、运输没有一样离得开它。农作物的秸秆是喂养牲口的主要原料,因此,每收获一季粮食的同时,也收获了丰富的谷草,对于农家来讲,该是双倍的喜悦。

第四辑 月是故乡明

麦秸的另一个最大的用途就是当柴火烧，是那个年代一日三餐顿顿都必需的。一般都舍不得烧麦秸，而只当作引柴火来点火。或者是赶上雨天家里的柴火湿得不能用了，而麦秸垛下却是干干的，抑或偶尔烙饼，母亲会叫我去场院的麦秸垛扯一些麦秸来。说，"这是软柴火，上热快退热也快，烙出来的饼特别好吃。"

小时候最爱吃母亲的白面烙饼，每当这个时候，我们像过年一样眼巴巴地瞅着锅里，也跑过去帮忙往灶台下填麦秸，却总受到责怪。母亲说，"要一小把儿一小把儿的四下填，不能光在中间烧，让它受热均匀，这样才能既不糊又好熟。"

果然如此，烙出来的饼一层一层的，外脆里软，细碎的锅花一朵朵地点缀其上，咬一口，香气扑鼻。

在那个物质匮乏的时代，麦秸不仅喂饱了牲口，也慢煮着农家简朴的日子，给人以踏实的温暖，让粗糙的生活飘出了一份香甜。

人们盖房修屋，和泥时也要掺上一些麦秸的，这样和出来的泥结实，不容易脱落。脱坯时也是，这样的坯坚固如钢筋水泥。麦秸还可以用来垫牛棚，当然是用边边角角上那些受潮的部分了。

我家母鸡下蛋了，母亲把麦秸铺到鸡窝里，鸡在鸡窝里咯咯地叫，我伸手取出一只卧在麦秸上白白的、暖暖的蛋。冬天来了，母亲用麦秸缝成一个褥垫子放在炕上，隔潮又保温。

麦秸垛还象征着一家的兴衰和人品。人勤地不懒，从麦秸垛的大小，就能看出谁家过得好不好，那些麦秸垛大的都是人丁兴旺的勤劳简朴过日子的人。相反，那些麦秸垛小的，则证明其懒惰人衰业败。

如果谁家的麦秸垛不慎着火了，则说明这家一定是得罪人了；谁谁的麦秸垛被人点着了，村民们会议论纷纷。这样的人家一定是在村里为人不咋样，其自身也感到丢人现眼。

对于不谙世事的我们，麦秸垛成了最大的游乐场。玩的最多是捉迷藏、打尕、跳田字等，在麦秸垛底下掏个洞躲进去，笑声串起每一个黄昏与晨曦。

麦秸垛旁倒立也是经常干的，只可惜我始终没有学会。看着同伴们很轻松地往上一靠，然后双脚着地，四肢慢慢前移，还有的双手摁地突然开个侧身翻，轻盈柔软的动作，不亚于今天的少林武功。

麦秸垛前也是学骑自行车的好去处。有的父亲跟在后面扶住，教他们骑，我就是用了一周的时间在那里学会了自行车。没有人教我，我先扶住麦秸垛上去，骑着骑着快倒了，立马冲到麦秸垛前，不至于摔跤。可在回家的路上不行了，没有了麦秸垛，我一下子撞到路边的树上，膝盖磕破了一层皮。

夏夜，如水的月光漫过绿油油的田野，场院里的麦秸垛像一座座堡垒清晰可辨。男孩子们有时三个一伙、两个一伴学着电影上的样子打仗，一边是"坏蛋"一边是"好人"。"好人"和"坏蛋"不能老当，得轮流转换角色。

第四辑　月是故乡明

　　于是，麦秸垛成了最佳演习战场，拿一根木棍当枪，一座座小山似的，从这个山头绕到那个山头，从山下爬到山顶。在结实的麦秸垛中间"挖地道"，钻得浑身上下都是麦秸，一张张笑脸在月光下绽开。玩得不亦乐乎，玩得昏天黑地，一直到寂静的夜空飘荡起母亲叫魂般的呼唤。

　　那长长的呼唤里，带着田野泥土的腥味和露水的清凉，我们就是伴着这叫魂的声音渐渐长大。多年后的梦里，再次听到这深情的呼唤，禁不住泪湿满枕……

- 月是故乡明 -

今晚的月亮真大真圆。我舍不得拉上窗帘，干脆熄了灯躺在床上，对着天空那一轮明月发呆。

成年后，很少有闲暇去约会一缕月光了，或者说月亮是属于乡村的，而城市的夜晚总是被璀璨的灯火所吞没，有谁还会记得抬头仰望一下天空？

月光洒了一地的清辉，这样的夜色美得让人惆怅。尽管月亮还是那个月亮，而在我的心中，始终只有一轮明月，那就是故乡的月亮。

在我的记忆中，儿时的故乡，很少有夜黑风高的晚上，头顶上始终悬着一弯明月，明晃晃的，照着回家的路。

夏日的夜晚，大人们坐在村头那棵大柳树下乘凉。男人叼一袋旱烟半天吧一口，女人手里的蒲扇轻轻摇着，他们关心的无非就是地里的庄稼、今年的收成，以及家长里短、儿女情长之类的。而对于自家孩子去

第四辑 月是故乡明

哪里玩、和谁玩,好像从来都不过问,就由着我们野去。因此,广阔的天地我们到处疯跑疯玩。

摸蝉狗是最有趣的活动了,半个月亮爬上梢头,树林里一片寂静,只有草丛里叽叽啾啾的虫声和水里咕咕乱叫的蛙声响成一片。

借着明亮的月光,在一棵棵树上仔细找寻,爬得矮的还好,爬得高的就要拿一根长棍把它够下来,一晚上能找到几十个。小伙伴们总是比比看看谁逮得更多。那时候还不懂得是好东西,拿回去多半是犒劳那些贪嘴的鸡和鸭了,有的留到第二天让它蜕变,只为了要那个蝉壳来卖钱。

一个夏天,把积攒下来的多半袋子蝉蜕去供销社卖掉,可以换来几本练习本呢,这是个不小的功劳。要知道,在那个凭挣工分吃饭的年代里,一张白纸也是珍贵的。幸亏当时没有现在这么多堆积如山的作业,不然连练习本也买不起的。

因此我们放学后,除了拔草就是疯玩。大自然是我们的天然乐园,一切玩具都是自己动手制作而成。比如用树枝做的弹弓、矛,木头做的旋转陀螺,以及滚铁环、丢沙包等,这些都是就地取材,却玩得津津有味,其乐无穷。当然,也有调皮捣蛋的臭小子,专门去拿弹弓把人家的窗户打破了,没少挨骂。

夏夜,玩得最多是捉迷藏,满大街跑,一直玩到累了,才踏着如水的月光回家。抬头,那轮明月也到了家门口。我走,月亮也走;我玩,它就在那里等我,一直跟着我呢。

掏麻雀窝也是男孩子经常干的,几个人一起,看见哪个屋檐下有草絮悬在下面,摸摸有没有洞,于是搭起人梯,让最灵活的那个在最上面。听到啾啾的叫声,那一定擒获了一窝鸟蛋或者是几个没长毛的"光腚拉子"来。我们女孩子也跟着瞎跑,围观看热闹,或者跳皮筋、玩石子、丢手绢、玩沙包。

最盼望的是看电影。有时候饭都来不及吃,拿一块高粱饼子或玉米窝窝头,抄起一根大葱,就去占地方了。因为去晚了就只能站在边上和后面,不然就跟上了岁数的老人看"反面",有的甚至爬到墙头上去看。融融的月光洒下来,每个人的脸上都笑意盈盈,跟过节似的。

最让人羡慕的就是放映员了,他一来,众多目光都聚集到一个地方了。兴奋地等着他把片子装上,音乐响起来了,白色的屏幕上出现了几个醒目的字:南征北战。

不光是在自己村里看,周围邻村也去,有的跑十里来路,一部《朝阳沟》我一共看了五遍。自己村里看了再去外村看,这村看了再去那个村,百看不厌。记得很清楚的是一个月亮高悬的晚上,一伙人去古楼店村,离我们村有五里路,没有自行车,都是步行,一路上欢声笑语,不知不觉就到了。

电影刚刚放映不长时间,突然乌云密布、电闪雷鸣,顿时狂风大作,我们撒腿就往家跑。可是那风太大了,刮得睁不开眼睛,人也站不稳,就跟着风跑。等后来才知道,被风刮到另一个村里又跑回来的。那场雨

第四辑　月是故乡明

到底下没下,淋没淋雨、挨没挨骂都忘了,只记得那场大风了。

　　原来,无论你走多远走多久,故乡的那轮明月一直在心头,即使历尽风雨,它始终为你照亮回家的路。

— 端午粽子香 —

端午节了,街头巷尾到处都飘荡着粽子的清香。从超市买回来,总是感觉缺少了点什么,怅然若失。

还是怀念小时候,怀念故乡,想念姥姥做的粽子香。

记得每年端午节的时候,我们都会像过年一样满心欢喜地期待,因为又可以吃上香香甜甜的粽子了。在那个白面馒头和米饭一年难得吃上一回的年代,一颗粽子对于年少的我们来说就是天大的幸福。

何止是粽子香啊,那些不可胜数的乐趣一直在记忆里永存。村东南那个池塘,我们这里叫湾,沿着湾边那条曲折的林荫小路,就是那口老井。老井上络绎不绝有前来挑水的人,人们的说笑声、水桶的吱吱声,以及水里咕咕的蛙鸣声,简直就是一首美妙动听的乡间乐曲。

湾边的那一片芦苇荡,郁郁葱葱。每逢夏日,捉鱼、摸虾、逮泥鳅,在青青的芦苇丛中捡拾鸟蛋,成了孩子们的天堂,留下了许多美好的

第四辑 月是故乡明

回忆。

就要端午节了,按姥姥的吩咐,我挽起裤脚走到水湾深处,采了一些新鲜硕大的芦苇叶子回来。姥姥洗净后泡在水里,还有淘好的米也提前浸在盆里。

到了五月单五这一天,慈祥的姥姥满脸幸福地开始包粽子了。她先拿起两三片粽叶,把它折叠成一个小漏斗的形状,再抓一把糯米放入,然后加两粒红枣进去,上面再用一把米夯实。最后,巧手的姥姥把苇叶折过来反复包扎结实,一会儿工夫,一盆绿鸽子似的粽子就完工了。姥姥慢慢看着,像在欣赏一件艺术品,笑意盈盈。

我的任务是帮着烧火,下了锅的粽子要煮好长时间,那可是甜蜜而漫长的等待啊!

粽子出锅了,一屋子一院子的香气在飘荡。暗绿的粽叶,莹白的糯米,红红的大枣,诱惑人心。苇叶清凉的草木气息,合着糯米的香大枣的甜,刺激着味蕾。尝一口,香甜绕齿,软绵可口,看我们贪吃的样子,姥姥笑吟吟地一个劲儿地嘱咐:慢慢吃,别烫着。

那场景,多年后一直在记忆深处历久弥香。每年的端午,都会想起小时候的粽子香,想起最疼爱我的慈善的姥姥来。

绿色的田野,是我们天然的乐园。开着金黄花的蒲公英,粉色喇叭花的野草,爬满沟边河沿。这些都是喂猪的好食料。艾蒿最多了,但有一种很浓的味,猪不爱吃。不过把艾蒿晒干后点燃,可以驱赶蚊子,所以每逢夜晚，姥姥都会在屋里点上一把艾草，那股清凉的香味，一直伴我们度过一个漫长的酷夏。

那时候放学后的任务就是去拔草，边拔边玩，玩游戏，捉蚂蚱，乐此不疲，一直玩到日暮黄昏。把逮来的蚂蚱穿成一串拿回来家喂鸡，姥姥说，等鸡下了蛋，给你们换甜杏吃。心里，又多出一份期待。

我们就这样在甜美的期待中一天天长大，长大后的我们，却离故乡越来越远了，而思念却越来越浓了。

又是一年端午，成堆的粽子满满当当，彰显着节日的隆重。空气中有艾草的清香在游走，抬头便能看到穿行在街头手持艾草的人。那是来自故乡的味道、田野的味道。

传统的节日，延续着古老的风俗，承载着美好的期望，也让终日奔波疲倦的心，在这古老又温馨的节日里得以回归和休憩。重温故乡与亲情的味道，领悟人生之美好。

感恩，盛世下的每一天，都是吉祥安康日。

第四辑　月是故乡明

- 中秋的月饼 -

临近中秋节,街头巷尾、商场超市所到之处,到处都是各种各样的月饼及广告。节日的气氛越来越浓了。

朋友出门,特意给我带回来两盒精致的月饼。红红的盒子,精美的外装,待我费了好大劲拆开里三层外三层的包装,一只小巧玲珑的月饼被紧紧地裹在里面。像一个待嫁的新娘,穿了嫁衣,着了艳艳的浓妆,犹抱琵琶半遮面,千呼万唤始出来。掰开一块放进嘴里,味道怪怪的,一点也不好吃,随放在一旁,再也无人问津了。

唉,这么贵重的东西,怎么就吃不出少年时月饼的味了呢?

多年前,故乡的中秋节,远没有现在过得这么隆重,正是秋收大忙时节。农人们最惦记的是地里的庄稼,玉米熟了,各家各户忙着掰玉米棒子、刨玉米秸,还要翻地、浇地,播种下季小麦。大豆成熟了,棉花也开好了,白花花的一片,不赶紧摘回来,一场秋雨就要受损失。人们起早贪黑，披星戴月，田间地头，村里村外，到处都是行色匆匆、忙碌的身影。

最累就是刨玉米秸，而且要一棵棵地刨回来，不像现在都用机械化收割，再也不用生火做饭。那时候可不行，一日三餐都是靠点火烧饭的，俗话说得好，烟囱不冒烟，就别想吃饭。

小时候，拾柴火是我们经常干的活。连玉米扎子都要刨得大大的，清楚地记得，母亲弯着腰拿着橛头刨高粱秸，为了能把根须刨得大些，便先从四周一下下掘。当她用力去拔时，母亲哎哟一声瘫在地上，腰不能动了，在炕上躺了好多天，从那以后便落下一个终身腰疼的病。

那么忙的季节，哪有心思过中秋节啊。所以印象中，从来就没有真正地好好过一个中秋节，中秋节远不如春节来得那么隆重而有仪式感。不过，老辈子传下来的规矩，即使再忙再累，节日还要过的，只不过是简单了些。我们那里不叫中秋节，叫八月十五。

十五这天，父亲从代销店里称回了两包月饼，是用黑纸包好再用纸绳包扎成捆的，很简单的包装，可那香香的味道，远远地就窜到鼻孔里来了。我们隔着渗着油迹的包装纸摸着数着，有六块，盼望着早点黑天，月亮快点出来。

母亲吩咐我们给四奶奶家送去一包，这是我乐意干的美差。因为我惦记着四奶奶家里的那棵枣树，一串串红红的甜枣挂满了半个院子。四奶奶颠着小脚，笑吟吟地收下月饼，回头就给我们摘了一大篮子枣，临

第四辑　月是故乡明

走,又放上几个裂了口的大红石榴。

石榴拿回家一人一个吃了,枣不能都吃完的,母亲要把它放到太阳下晒干,留着等过年时蒸年糕用。

近黄昏,依旧在地里忙活,帮着把棒子运到车上,然后坐在玉米堆上,跟着父亲"嘚驾喔"地赶着驴车往家走,东方的月亮就开始变黄了。运回来的玉米棒子堆在天井里,父亲卸下牲口,放好拉车,回头拍拍身上的尘土。这时候,终于可以坐下来歇歇了。

母亲早早地在天井里放好了小饭桌,桌上摆着有一盘月饼和几只苹果。月亮又大又圆,大人们却无心去赏月,他们心心念念的永远都是干不完的农活。只是就着明晃晃的月光吃饭,饭还是平常饭,饼子咸菜,玉米黏粥,就是多了两份简单的素菜。

我们手里捧着分到的每人一块月饼和一只苹果,苹果早早地吃完了。而月饼却舍不得一下子吃完,掰开一小块来,好留着慢慢吃。露出五仁的馅来,里面掺杂着有红红绿绿的丝,真诱人啊。

我最喜欢那种酥皮月饼了,轻轻地咬一点点,甜甜的,香香的,美美的,真好吃啊!只是吃的时候爱掉碎末,要用手接着才行。到末了,连手心里的渣末都要舔得一干二净。感觉,那是世间最好的美味了!

看着我们一个个吃得津津有味,父母温暖的笑脸,在月光映照下闪着银色的亮光。

白天有白天的活,晚上有晚上的活。草草吃了饭,一家人就坐在院子里开始剥玉米。月亮高悬，更深露重，我们早早失去了耐心，一会儿就哈欠连天。进屋倒头就睡，不知道父母忙活到什么时候，一大早，就被叫醒了。"起来，赶紧去地里拉棒秸去。"母亲说着，风风火火地走了。才发现，昨晚那一堆小山似的玉米，成了一院子金灿灿的黄棒槌了。

"今夜月明人尽望，不知秋思落谁家。"

斗转星移，物是人非，月亮还是那个月亮，故乡还是那个故乡，只是改变了旧时模样。昨天所有的美好，而今，只能靠回忆来取暖了。

那些年，生活虽清贫，但一家人能团团圆圆地在一起，就是最大的幸福。又是一年月圆时，每逢佳节倍思亲。月圆人难圆，此事古难全。望着琳琅满目商品、各式各样的月饼，完全没有了当年的胃口。

中秋是团圆的节日，圆圆的月亮、甜甜的月饼，象征着团圆甜美、花好月圆。荣华花上露，富贵草头霜，趁年华不晚，趁岁月未老，好好怜惜眼前人。

父母在，人生尚有来处；父母去，人生只剩归途。手足之情，血浓于水，能走到一起也是前世的缘分。能聚就聚吧，别让等待成蹉跎，别给人生留遗憾。

来日并不方长，珍惜与家人团聚的时刻，这才是最幸福的时光。

第四辑　月是故乡明

村小就在我家后

　　整个小学时光，都是在我们村里的学校度过的。那里是我的启蒙之地，是村文明的摇篮，也是许许多多和我一样从小在农村长大的孩子梦想起航的地方。

　　学校就在我家的后面，我家的角门到学校门口，仅几步的路，就像到邻居串门一样，抬腿就到。从我家的后吊窗就能窥到学校的全貌，五间北房，三间西房，很大的院落，底部都是用那种老蓝砖砌起来的坚角。

　　听大人们说，从前这是一户财主的家产，后来就被当成了学校。对此我深信不疑。因为我经常和小伙伴一起，在那些斑驳的蓝砖缝隙间，去找寻"宝贝"，幸运的话，还可以挑出一串铜钱来。那感觉，像打开了阿里巴巴的大门一样惊喜！

　　我上学那年八虚岁，婶子大娘们常说，八岁上学，巴巴结结。父母并不理会，那时候也没有望子成龙、望女成凤的想法，就想能多识几个字。用母亲的话说,"能认得各人（自己）就行了"。

那时候,我是典型的黄毛丫头,扎两条羊角辫,黄黄的头发,白白的小脸,穿着母亲缝制的粗布衣裳,一看就是一副营养不良的样子。

村里叫华子的可真多啊,不论男孩女孩,有四五个华子。同伴中还有个和我同名的女孩,为了好把我俩区别开来,婶子大娘们就叫我白华,缘于我长得比较白吧。因此,这个小名一叫就这么多年下去了,以至于到现在,我每逢回到老家,父老乡亲们见了我,还是亲热地喊我,"白华子回来啦！"若问我的学名他们未必知道。

说起取名字来,也挺有意思的。孩子们多,每家都有四五个甚至六七个,家长也管不过来,有好多没有学名的,到了学校老师得先给取个名。为了省事,一个字甚至可以几个人用。都是按辈分取名,尤其是男孩。比如"云、安、吉、玉、元"这些是五个辈分,用一个军字就可以分别取五个名字,玉军、吉军,再比如玉强、安强,吉刚、安刚等。

记得我小弟上学的第一天,老师给他取名"吉斗",有几个坏小子放了学就跟在后面取笑他,"鸡斗鸡斗,斗死吃肉。"弟弟回家吵着嚷着不叫这个名了,我又重新给他取名"吉枝"。

学校有两个老师,一个是本村的老师,一个是被打成右派的李老师。说他老,还不到五十岁,但在我们眼里,确实是老了。教室有两个,一个是三间西房,那五间北房,东边三间连在一起是个大教室,最西边的两间,就是老师的办公室兼宿舍,以及老师做饭的地方了。

第四辑 月是故乡明

　　课桌和板凳都是两个人一组，你拿桌子我拿凳子，所以高低不同，什么样的都有。母亲用印花粗布给我缝成了一个书包，书包里装着语文、算数课本，还有写字的一块石板。练习本都是在代销店里买来了的一大张粉连纸，回家后折成三十二开割开来，再用缝衣针装订在一起。

　　五个班级，两个教室，通常都是两个或三个班级在一起，一个老师既教语文又教算数。到了上初中才知道，原来每科只有一个老师，感觉很奇怪。

　　给这个班上课时，那个班就上自习。可哪有那么听话呢，往往就有几个调皮捣蛋的孩子，在那里胡闹，害得老师都无法上课。这时候，李老师总是语重心长地谆谆教育我们，"一定要好好学习，小学是基础，就好比盖房打地基一样，如果地基打歪了，能盖好房吗？"

　　年少不谙事的我们，有几个能理解呢。又正是20世纪70年代，学生要德智体劳全面发展，经常是老师领着我们去地里参加给生产队拔草、拾麦穗、捉害虫等劳动。所以真正好好学习的时候不多，幸亏遇到了那个孔夫子一样的李老师。对待教学严肃认真，一丝不苟。即便这样，也总有学习好的、学习不好的。

　　我清楚地记得，有个叫香的女孩儿，学习非常棒，从一年级直接跳级到了三年级我们班里。因为她比我们小两岁，所以我经常盯着看她坐在高高的座位上，垂在半截不能着地的两条腿。后来，她随父母去了城里，从那以后再也没有她的消息了，我想，她一定有着辉煌的前程。

那个时候辍学的很多，每逢这种情况李老师就挨家挨户去找家长劝说，苦口婆心地讲道理。好多学生都被李老师召回到学校，无形中，命运也被重新改写。

我也曾经有过辍学的念头，三年级学习除法，我怎么也学不会，于是就不想念了。母亲说，"不念书，就家来拔草拾柴火去吧。"我最怕这些活了，给生产队拔草，送到队里的场院过秤，每回都是我的最少。因此，老师一直认为我是个不热爱劳动的孩子。

后来在李老师的教育下，又继续了学业。难以想象，如果当初也不念书了，后来又怎么样呢？不得而知。

学校没有操场，也从没有上过体育课。所有的娱乐活动，就是跑跑跳跳，自由自在。跳绳、跳方格、弹溜溜、顶膝盖，等等，玩得不亦乐乎。老师的哨子声一响，该上课了，都纷纷跑回教室。

李老师平时就住在学校，没事的时候他就在院子里转转，看他种的那几棵小树。我离学校近，随时都可以溜进去。一个夏天的中午，大太阳毒毒的，看见李老师正对着一棵小树摆弄着。我不解，过去询问，他说，"这棵小树和你们一样，你不修理它就长疯了，成不了材。所以，趁天正热的时候，给他把弯的枝子掰正了，把该剪的剪掉了，他就会长的更周正。"

到今天，老师的这一段话，我一直铭记在心。

他是这么说的，也是这么做的。曾经有个特别调皮的男孩儿，上课

第四辑 月是故乡明

不学习还捣乱，李老师就狠狠地批评他，大太阳底下罚他站。男孩小小年纪还驼背，每逢放学排队时，就叫他单独出队，拍着他的后背让他站直，每次都让他多站一会儿才能回家。这招还真管用，从那以后，他的腰板笔直，再也不驼背了。

那时候，升学不用考试。到了该上初中时，我担心自己基础没打好，想起了老师说的那些话，我决定不上初中，再复习一年。给李老师一商量，他非常支持。也就是从那以后，我的学习才真正步入正轨，成绩一直名列前茅。找到了学习的兴趣，越学越带劲，也为以后奠定了良好的基础。

几年后，我们那一拨学生先后考上的最多，成了我村的骄傲，不少成了业内精英和骨干。这都得益于李老师的一片苦心和教育。

后来，村里又在村东头新建了一座学校，这个旧校就被大队部处理给村民，所幸刚好我家抓阄抓到了。父亲翻盖成了一间宽敞明亮的大瓦房，就成了现在的老家。

光阴似箭，转眼四十多年过去了，而我们的李老师依然健在。虽已近百岁的高龄，但精神矍铄、思维敏捷。看到他，我又仿佛回到了少年时代，回到了那个书声琅琅的村小时光。

- 疤痕 -

我身上有几处大大小小的疤痕，每一道疤痕都有一个故事，如同一个个印记，记录着风风雨雨几十年的苦乐悲欣。

在我胸前正中央的膻中穴部位，有一块一元硬币大的圆形的疤。母亲说，我出生的时候，胸口前就有一个红豆一样大的小红点。

开始以为是颗痣，没想到随着时间的推移，我长它也长。一岁半的时候，父母抱着我坐火车来到省城济南的省立医院，确诊为良性血管瘤。要每个礼拜去治疗一次，用母亲的话说，就是"烤电"。

母亲还是第一次出远门，第一次坐火车。紧跟着父亲，寸步不离，生怕走丢了。出了医院，父母又来到大商场里，给我挑了一件漂亮的花兜兜。本来是给我穿上试试合适不合适，可我说什么就是不肯脱下来，引得营业员和周围的人直笑，"这小姑娘，这么小就知道臭美！"

又来到照相馆，我穿着新衣裳，带着棉帽子，坐在木椅上，定格住

第四辑 月是故乡明

了最幸福最快乐的一瞬间。

母亲脚下走过的每一条路和每个地方,甚至每个地方有什么样的标记,她都努力地记在心里。因为下次她必须一个人抱着我去了,父亲还要上班。我想象不出,大字不识一个的母亲,一个人抱着我,在寒风呼呼的街头,是怎样跑到车站等车、上车、下车,又怎样在人潮如涌的闹市里,几经辗转周折才赶到了医院,排队、挨号、等待。何况还要当天往返几百里路。

就这样,连续六次"烤电"后,医生说,"这样已经好了,不治疗也不会发展了,只是留个淡淡的疤痕。你再治疗一次,就和好皮肤一模一样了。"母亲就没有再去,也就是留个疤而已,反正也没长在脸上。

我倒是挺感激这道疤,很庆幸母亲留在我身上的这个记号。在以后失去了母亲的岁月里,让母爱一直长久地陪伴并温暖着我的心。

右手食指上,有一道两公分多长的直线疤。那是在我四五岁的时候,母亲经常带我们去城里父亲上班的地方小住。父亲在人民池塘上班,那是县城唯一的公共洗澡堂。

澡堂子有两个大门,一个面向中心街道,还有一个朝南的大门。我们经常在门口宽宽的过道里玩耍,凉风穿堂而过,看高高房梁上来回穿梭的燕子。站在门前的台阶上,前面是一块洼地,长满了绿草,有蝴蝶和蜻蜓飞来飞去。院子里种了一排高高大大的梧桐树,春天的时候一树树花开,我喜欢在树下捡拾那些喇叭花朵。

我手里捧着那些花瓣回家，一进门就看见桌子上的白瓷碗里横着一只鸡腿，那是爸爸从外面吃饭没舍得吃，特意给我捎回来的德州扒鸡。我还是第一次吃到，那么香啊！吃得忘乎所以，一回身打碎了那只兰花碗。

爸爸让我捡起那些残片扔到外面去，偏巧那锋利的尖角正好划到我的右手食指上，随着"噌"的一声碗片扔出去的同时，鲜红的血顺着小手指流下来了，划出了一道血口子。

听到哇哇的哭声，爸爸赶紧找来了消炎粉给我撒在伤口处，又用纱布包扎好。我很快不哭了，因为嘴里扒鸡的香味一直缭绕不断。那是我平生吃到的最美最香的扒鸡，以至于后来无论如何，再也吃不到那样的美味了。

偏巧，我左手的食指上，也有一道斜斜的白亮光，仿佛要找平衡似的。少年时，放了学就去地里拔草。一群野孩子，背着筐，手里拿着镰刀，找一些沟边河沿野草丛生的地方，边玩边拔。家里都养着猪养着牛，拔回来晒干后留着作为冬天喂牛的食料。到秋后每家每户都会积攒一个干草垛。所以永远是拔不完的草，每每遇到茂密的野草，便欣喜若狂。噌噌噌割得飞快，生怕被别人抢去了。

正拔得带劲的时候，咯噔一下，还以为是镰刀砍到了砖头瓦块上呢，拿着草的手鲜血淋漓，才知道是割到了手指。也许是用力过猛，一开始竟然一点也没有感觉到痛，回到家，姥姥从锅底下掏出一些灰来给

第四辑 月是故乡明

我撒上。

那时候，一村子人都是这么干的，没有谁说卫不卫生，也没有人注意伤没伤到骨头，更不会去医院。后来，竟然也痊愈了，只不过留下了一道斜而亮的疤，却成就了我今天写作的好素材。

身上最大的那块疤是在腹部，做阑尾手术时留下的。人到中年，从奋力拼搏学习到终于有了铁饭碗，没想到又遭遇体制改革下岗、下海再就业，滚打摸爬、历尽风雨。其间父母双亲先后患病、离世，而偏偏祸不单行，我不到四十岁的弟弟又被查出癌症晚期！生活可谓一波三折、四面楚歌、跌宕起伏，那是我人生道路的最低谷了。

奔波忙碌，一刻不得闲。肚子疼了两天，不得不去看医生。医院离家很近，我一个人去的，因为老公还要替我照看店里的生意。本想去去就回，一检查，确诊是阑尾炎，需要马上手术。

"做吧。"我说。医生举着两只带着卫生手套的手，惊讶地看着躺在手术台上的我，"就你自己来的？""是啊！""等手术完了谁把你抬下来？"

"等手术完了我再打电话叫他来，现在店里正忙呢。"我说。医生护士们都笑了，"马上就用麻醉药了，你还能打电话？"

手术后第二天就出院了，当朋友拎着礼物来看我的时候，我正在给顾客卖东西。"你挣钱不要命了，不躺着，才两天你就下来了。"我说，"医生嘱咐，要多活动，怕肠粘连，我权当活动活动吧。再说了，我忙得哪有时间生病啊。"

看得见伤不叫伤，真正的伤在心里。对我打击最大的是，弟弟的英年早逝。那是我心底最深的痛，是永远也无法抹去的伤……

坎坷人生路，哪能没有伤痛？感恩岁月赐予我的一切。苦乐年华，风一路，雨一路，哭一回，笑一回。苦辣酸甜都尝遍，这一生，也就过来了。

第四辑 月是故乡明

– 一条红围巾 –

十五岁那年。腊月的夜，睡得正香，被母亲轻轻摇醒。"快起来了，该去接新媳妇了。"

我揉一揉惺忪的睡眼，望着窗外漆黑的夜，打了个哈欠伸了伸懒腰。明白了，我今天是当伴娘的，去接新娘子啊。赶紧起来，拿出提前央求母亲做的新衣服，还有一条在商店里挑选的长条红围巾。搭在肩上，艳艳的，像长长的飘带，走起路来随风摆动，人也增添了几分妩媚。

"华子这围巾真好看！跟新媳妇似的。"当我出现在众人眼里，大娘大婶们一个劲地夸。我扬扬得意。

我们这里有个习惯，就是娶新媳妇越早越好，谁进门早谁过得好。如果偏巧赶上两家同是一天完婚，那才热闹，因为都愿意赶早怕晚了，有的女方干脆头一天晚上就早早住到婆家来了。

和我同时当伴娘的还有一个，我们两个伴娘、一个伴郎，再加上新郎，还有一个比较年长一点的走在最前面。一条红飘带系在车前，把一只公鸡挂在自行车把上，到了女方再多拐回一只母鸡来。这是老辈留下来的风俗。另外他兜里还要装上一个杯子，以防万一路上遇到白事时，就要把杯子摔碎了。东家一再叮咛：路上小心啊。

新娘子家在二十里路之外，天还没放亮呢，我们就摸黑上路了，一人一辆自行车。当时整个村里自行车也没有几辆，谁家要是新买了一辆自行车来，那一定比现在购置了一辆宝马还隆重。

幸亏我用了一周的时间刚刚学会了骑车，便跟着他们在弯弯曲曲的土路上颠簸前行。前几天刚刚下过一场雪，路边还有尚未融化的残雪，小北风呼呼的。多亏那条崭新的围巾，把脸部都包裹得严严实实，只露出两只眼睛。

因为路不好走，我车技又不好，车角轧到积雪处，咔嚓一下子，人仰马翻。新郎慌了，忙停车跑过来扶起我，"没事吧，摔着了吧？疼不疼？"我爬起来抬了抬胳膊肘，有点酸痛，"没事没事。"他替我拍打着身上的土，又重新出发了。

天将亮的时候，到了女方家。新娘子穿戴整齐地坐在炕头上，可粉嫩的脸上却明显地有几分不悦。原来，是因为新郎没有给她买围巾，在赌气呢。老实的新郎，站在那里，一边用手不停地骚头，一边喃喃地劝，"赶明儿一定给你买一条好的去，可现在去哪里买啊。"

是啊，当时周围附近只有公社驻地才有商店，再说那个时候再去买

第四辑 月是故乡明

已来不及了呀。

可倔强的新娘说好说歹说就是不上车,这可咋办?急坏了新郎和我们,万一娶不回新媳妇,家里不是炸锅了吗?我看看另一个伴娘的围巾,她没动静,只是一个劲儿地说,"咋好呢?"

我摘下我那条心爱的红围巾,拿过去,"给,这是条新的,如果喜欢你先用着吧。"新郎脸上顿时笑成了花,忙给她围上,这才顺利地整装待发、打道回府。

返回的路上,寒风刺骨,像刀子刮一般,我的脸和耳朵冻得生疼生疼。但心里窝着一团温暖,因为我成全了一件美事,心里非常高兴,就算是挨冻也是值得的。

– 谁的青春不飞扬 –

20世纪80年代初,我考上了一所普通中专院校,但在当时引得许多人的注目。我所在的那个三中是在乡镇中学,全校几百人就考上了三个,我也是村里唯一的一个。记得领到录取通知书的那一刻,父亲高兴地逢人就炫耀:闺女考上啦!脸上乐开了花。

那个年代,只要能考上,就意味着以后能吃国家粮,有了铁饭碗,一辈子可以衣食无忧了。这对于一个普通的农村家庭来说,无疑是一件天大的喜事。

不是随随便便就能成功的,每一个成功的背后,都有着辛勤的付出。高中期间,正好是改革开放初期,全国上下都处于一种高亢的状态之下,万事万物如春苗般呈现出一派蓬勃向上的蔚然朝气。

恢复高考制度后,人们都认识到了学习的重要性,拼命读书,争取把失去的损失都补回来。以前考大学靠推荐,现在是白卷英雄走不通了,

第四辑 月是故乡明

完全凭个人的本领。于我而言，虽然父亲上班，但接班人不会是我，因为农村有个传统，都是让男孩接班，也就是说，我除了升学这一条路外，没有其他选择。

因此，高中期间，我发奋读书。当时，全县除了一中一个重点中学师资力量雄厚以外，其余那几个普通中学都是师资力量相当薄弱的学校，任课老师教学水平一般，有不少民办教师甚至代课教师。可以想象，在那样一个环境里，要想出人头地、考出一番好成绩来又谈何容易，你必须付出别人几倍的努力才行。

高中还是两年制，高二时我在理科重点班，那一年全校高考仅录取了一个，我名落孙山。但我并没有灰心，根据自己的特长，我改学文科，争分夺秒，夜以继日地刻苦学习，不管是在校还是节假日。学校管理散漫，作业也不像现在这样堆积如山，学习完全凭自己的兴趣和自觉性。

我是不用扬鞭自奋蹄。别人每个周末都回家，我给自己规定每个月才回家一次，空无一人的宿舍里，那么的安静，我抱着书本孜孜不倦地读着。每天晚上晚自习后，教室里熄灯了，我就点上早就备好的蜡烛，一直学到深夜，回到宿舍，同学们都早已进入了梦乡。天天如此。

生活艰苦。吃的是每日雷打不动的窝窝头就咸菜，喝的是玉米粥、溜锅水。到了后来中午有菜了，而所谓的菜，就是清水煮白菜，不见一滴油花，清汤里除了稀稀拉拉的几片白菜帮，上面还飘浮着不少的蜜虫子。尤其是那窝窝头真是难吃死了，半生不熟，涩涩的，难以下咽。

简陋的宿舍，冬天玻璃窗户上露着大洞，呼呼的北风把雪花吹到被子上。回到宿舍趴在被窝里，啃着从家里带来的冰凉梆硬的馒头，那感觉比现在吃一根火腿还美。

学校连开水都没有，夏天，洗头时我就跑到学校东侧的小河边，因为河水温和，冬天也只好给老师要一暖瓶开水来好歹洗一洗。或许是从小在贫困环境中长大的，丝毫没有觉得有多苦，当时只道是寻常。

一次遇到一个多年未见的老同学，她说：你那时候学习真刻苦啊，全班没有一个你这样的。记得我当时问过你，春节那天在家干吗？你说，学习啊。难怪人家能考上，过年都不玩。

没错，我就是把别人玩的时间都用来学习，不敢有丝毫的懈怠。两耳不闻窗外事，一心只读圣贤书。那时候只有一个心思，就是考上大学。

当时农村已经实行了责任田承包到户，从来不会干农活的我，高考前预选考试完，在家等候预选成绩。正是麦收季节，大忙的日子，我就去地里帮着家里割麦子。炎炎烈日下，我割一会儿抬头看看，父母汗流浃背，人们都挥舞着镰刀，热火朝天地忙碌着。此时此刻，我才体会到了"汗滴禾下土""粒粒皆辛苦"的真正含义。

这活忒累人，什么时候才能割完啊，就在这时，传来我被预选上的消息。父亲笑了，说：赶紧回去抓紧复习去吧。我把镰刀一扔，心想，我可不用干这累人的活了。于是，更加刻苦地学习，渴望有一天，尽快脱离开这个让我无比厌倦的地方。

第四辑　月是故乡明

其实，这样勤奋学习、努力拼搏的莘莘学子又何止我一个？许许多多的农村孩子都是凭着一股子韧劲，努力拼搏，十年寒窗，终于考上了大学，圆了自己的梦，也给父母挣足了脸面。我也因此成为村里人羡慕的对象，成了大人们眼里"人家的孩子"，父亲当然由衷地高兴。

开学的时候，父亲非要送我。从我家到上学的那个小城有六百多华里，我清楚地记得火车票价是六块六毛钱。下车后因为是开学第二天，学校已经没有接站的了，我们只好叫了一辆蹦蹦车。那人一看是外地人，开口就要七元，我嫌贵，可一向节俭的父亲二话没说，兴奋地掏出钱来就给了。要知道，车站到学校才不过一公里。

新的学校，新的环境，带给我的是全新的感觉，一切都是那么充满期待。回想起在中专读书的那段时光，是最轻松最开心的日子。刚刚从高中那种紧张的氛围里走出来，心情一下子放松了，饮食起居比以前好的不是一点半点。教室、宿舍、操场、食堂、阅览室，每日里忙碌着、快乐着，校园里到处都留下了我们青春的倩影。

国门敞开了，一时间，通俗歌曲成了流行的主旋律。无论是走在街上还是在校园里，都能听到激情高亢的流行音乐。譬如，《我们的生活充满阳光》《年轻的朋友来相会》《祝酒歌》《走在乡间的小路上》，以及张明敏的《我的中国心》和成方圆的《童年》，等等。

直到今天，当耳旁再次响起这些熟悉的旋律，依然会激情澎湃，勾起那些美好的回忆。年轻的我们，沐浴在灿烂的阳光下，感觉生活一片明媚,激情在燃烧,青春在飞扬,对美好的未来充满了无限的憧憬。

毕业后,我被分配到父亲曾经工作过的地方去上班。此时父亲已退休,弟弟接了班,家里的负担一下子轻松了许多。

正是从小在那种艰苦贫穷的环境中长大,才铸就了我们勤劳朴实、坚韧不拔和不屈不挠的优良品德。我们懂得感恩,懂得奋进,懂得隐忍,懂得用自己的双手和智慧,去创造一个美好的未来。

借用《钢铁是怎样炼成的》里的一句话:当一个人回首往事时,不因虚度年华而悔恨,也不因碌碌无为而羞愧……

其实,每个人都有属于自己的一段青春,只要你努力过、拼搏过、绽放过,就是无悔的。哪怕不是最成功的,哪怕辛辛苦苦几十年后,又重新走入风雨,下岗、再就业,而今,当回首往事时,我依然可以这样说,我的青春,最美!

第四辑　月是故乡明

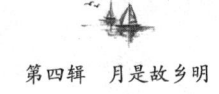

— 窝窝头就咸菜 —

20世纪80年代初，我生活的那一片鲁西北平原，主食还是玉米面窝窝头。麦子磨的白面馒头极少见，除非逢年过节或者招待客人。因此，高中三年，几乎每日三餐都是雷打不动的窝窝头就咸菜。

一日三餐窝窝头，早晚再外加一碗玉米粥。菜是没有的，每个周末回家带回一罐头瓶自家腌制的老咸菜。其实这点咸菜根本就吃不到周末，到最后也只能干啃窝窝头了。回想起学校食堂里的窝窝头来，真是难吃死了！半生不熟的，吃在嘴里实在难以下咽，有的同学一生气甚至把窝窝头一下子扔到窗外。我不，我吃，不好吃也得吃啊，不然肚子会抗议的。

那时候经济条件差，蔬菜也少，几乎家家户户都靠吃咸菜度日。每家都有一个大大的咸菜缸，腌制的咸菜足够全家人吃一年的。记得每逢秋后，母亲把新下来的大白萝卜从中间劈开，撒上盐在阳光下晾晒，为了滤去些水分，这样再腌制起来不容易腐烂。但最怕淋进雨水，或者盖不好进去苍蝇，所以经常不是烂就是招蛆，即使这样也舍不得扔，照样吃。

父亲上班，地里的活多数都是靠体弱的母亲去打理。记忆里母亲总是闲不住，风风火火地奔忙，放下耙子就是扫帚，通常是下地回来还要忙活我们吃饭，喂猪喂鸡，不得片刻消停。

我每次回到家，母亲都是精心为我改善伙食，临走，母亲会把咸菜切成细丝，然后调上点平日里舍不得吃的卫生油。到了学校，同宿舍的几个女生只叫好，因为她们的咸菜没有放油，自然没有我的好吃，所以每次都是先把我的咸菜吃完，再一起吃她们的。

那时候学校没有暑假和寒假，只有麦假和秋假。因此即使是最冷最热的季节也是在学校度过的。但也没感觉到有那么苦。

夏天没有电扇，也从来没用过蚊帐，宿舍里苍蝇蚊子与我们共处一室，却自得其乐。数九寒天，简陋的宿舍连窗户上的玻璃也是破的，呼呼的北风把雪花吹到被子上。学校没有开水，除了中午在食堂打来窝窝头，再喝上一碗蒸锅里的溜锅水，其余时间就只能喝生水了。

记得天气不是很冷的时候，我经常去学校东边的那条河里洗头，因为河水温和，总比冷水强吧。可是到了冬天就不行了，喝点冷水倒是习惯了，洗头不行啊，有时候实在没办法就去给老师要一暖瓶热水来，将就着洗一下。

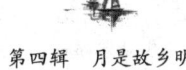

第四辑　月是故乡明

那个年代别说女人用的卫生巾，就连卫生纸都没有卖的，我们女生回到宿舍，拿出用过的练习本，一张张撕下来放在手里沙沙地使劲搓，为了用起来柔软些。一边搓一边笑，称之为"造纸厂"。

到了后来，家里可以吃到白面馒头了，但学校还是单一的窝窝头，只是中午多了一份"菜"。所谓的菜不过是清水煮白菜，上面不见一个油花，飘着的都是白菜叶上的蜜虫子。菜汤稀得能照见人，翻来翻去找不到几根菜叶。除了咸，别的什么滋味也没有。

寒冷的冬天，回到宿舍，从墙上挂着的网兜里拿出回家带来的冷馒头，有时候还被耗子偷吃。然后趴在冰冷的被窝里，一小口一小口地慢慢啃，连掉下来的碎末也用手心接着，舍不得浪费半点。那滋味儿，比现在吃了一顿大餐还美！

母亲做的饭菜特别香，每次回到家都是一顿暴吃。还有母亲专门为我留的新摘的红枣、煮熟的玉米棒子、飘着香气的烤地瓜等，只吃得肚皮滚圆，撑得老往厕所里跑。

至今怀念那段窝窝头就咸菜的日子，更怀念母亲做的饭菜香……

- 母亲的大衣柜 -

父母走了以后，老屋空了。但至今仍存放着一个大大的旧衣柜，那是母亲的陪嫁。

弟弟曾经收拾屋子，想在老房里养鸽子，非把衣柜处理掉，可我执意把它留下了。每次回到老家，我就去看看老屋，轻轻抚摸着布满灰尘的衣柜，仿佛父母就在身边。那些曾经美好的记忆，便如遇潮的种子，蓦然在心底抽枝发芽。

听老姨说，这件大衣柜最早是姥姥的陪嫁，姥姥出嫁时陪送了一红一黑两个一模一样的大衣柜。姥爷比姥姥大整整二十岁，他去世得又早，母亲他们尚年幼，没有钱下葬，姥姥就把那个黑色的衣柜叫人拆了改成一口棺材。到了母亲结婚时，孤儿寡母的更没有什么可陪送的了，姥姥又把唯一的那个红色大衣柜重新上了漆。于是，这件大衣柜就一直陪伴在母亲身边。

第四辑 月是故乡明

记忆中，母亲总把那些好吃的藏进大衣柜里，然后上了锁。譬如花生、糖果之类的，都是那个年代稀有的。对于我们来说，它就像是阿里巴巴的芝麻开门，只要打开，就有无数惊喜等着我们。母亲把钥匙藏到我们找不到的地方，贪嘴的我们只有眼巴巴地盼着姨家的表妹和表弟来了，母亲才肯打开柜子。

姨家就住在邻村，相距不过三里路。姨经常带上两个表妹一个表弟来我们家，有时候表弟表妹也自己来，手拉手，经过一段坡路，再绕过一个水湾。当然，我们也去姨家玩。我家的好吃的都是和他们平分秋色，不等他们来，母亲是不会让我们吃独食的。

儿时最快乐的时光，就是我们在一起的那些日子，有时姨和母亲忙碌着给我们做棉衣、棉鞋，我和表弟表妹们拿着母亲分给的零食，在院子里尽情玩耍，旁边少不了颠着小脚的姥姥，手里端着饭碗，追赶着贪玩的小表弟一口一口地喂饭吃。

来的时间长了，和街坊邻居们自然也都熟了，走在街上经常有人和小表弟打趣逗乐。小表弟也把这里当成了他的家。记得那一年秋后是挖河的季节，有一些远道而来的河夫需要住下来，村里就把他们安排到每家每户。轮到我家的时候，小表弟大哭大闹，说啥也不让人家进来，还随手拿起一把大扫帚，将扫帚死死地横在门口，任凭谁劝也不放手。引得人们一阵阵的笑声。

那年月物质匮乏，平时都是吃的都是窝窝头就咸菜，饺子也只有过年时才能尝到。所以只要姨家人来,我家总会有好吃的。有一回,姥姥她们在里屋包饺子,让我和大表妹去灶台烧火,表妹说,咱们下饺子吧,于是,学着大人的样,把饺子放到锅里去。可是我们不懂等到水开了啊,姥姥看见了,一锅饺子都煮烂啦。姥姥不会骂人,只是一个劲儿地埋怨,你们心气儿太高!

每次表弟表妹回去时,母亲就打开柜子,把好东西塞进他们的上衣口袋里,每人身上都有一个大大的口袋,那是姥姥给我们特意缝上的,直到再也塞不进去了,才欣欣然满载而归。

后来,我们渐渐长大,姨家搬到了胜利油田,再也不用吃我家柜子里的好东西了,反过来,姨经常给我们好吃的。表妹邮来的茶叶,逢年过节姨给母亲会打几百块钱过来,母亲就把茶叶和钱都精心锁在大衣柜里。

大衣柜很大,除了放好吃的零食,还能放几床被子和衣服。母亲是个有心数的人,我还在上学的时候,就把我结婚的被子早早做好了,放在柜子里。两床一粉一绿缎子面的,两床一紫一蓝花牡丹纯棉布的,是我在供销社上班的父亲买回来的。

母亲做的棉被又厚又大,生怕我冻着了,上学的时候给我做了两床大厚被子,非要叫我都带上,还特意叫父亲送我去。到了学校,我就盖了一床被子,一点不冷,那一床纹丝不动地放在那里整整两年。

母亲一辈子吃苦受累,却没有享几年清福。我领她去市里最大的商

第四辑　月是故乡明

场，想给她挑几件好衣服，谁知她偏偏挑了一套寿衣。我虽然不满意，但还是由了她，因为老家有个风俗习惯，老人总喜欢早早地为自己准备好送老的衣服才心安。母亲回来把寿衣也放在那个大衣柜里。

六十六岁那年，母亲查出胃癌，做了手术，那是一段暗无天日的日子，母亲遭受了常人难以忍受的罪，我和姨一直守在医院里。她说，六十六，死不了也掉块肉。就这样过了一年半，本来就瘦弱的母亲体力渐渐不支，临终前，她把柜子的钥匙交给我，说，里面有姨给她的二百块钱，还有给我做好的棉袄，和弟弟的棉裤，嘱咐我们拿回去。

其实我早就不穿母亲做的棉袄了，因为太厚，穿上太笨。现在那件又瘦又厚的棉袄，还压在我的箱子底下，我一直珍藏着。因为那是母亲留给我的最后的念想，想娘的时候，我就拿出来往脸上靠靠，感觉到了母亲的温度。

一个老旧的大衣柜，锁住了几代人的沧桑悲欢，锁住了一个亲情浓浓的年代，锁住了一个童年的梦，锁住了一份沉甸甸的母爱！

第五辑　诗意的远方

第五辑　诗意的远方

－ 寻你，在相思墨染的江南 －

一座拱桥，一叶乌篷船，一条悠长悠长的青石板小巷，一把油纸伞，寻梦江南。

杏花春雨，烟柳拂堤，粉墙黛瓦，流水人家。古镇，一段似水的年华，临摹成水墨江南别样的婉约和娉婷，成了我梦里的痴缠，挥不去的牵挂。

我想，前世，我一定有一段温柔的过往，遗落在江南的水乡，遗落在多梦的桥头。今生，我是循着梦中那把油纸伞，循着长长的小巷，带着落花如雨的情怀，踩着相思墨染的寂寂青石板路，来到如梦的江南，与你相约一份千年不了的尘缘。

古朴的木门，老旧的房子，斑驳的墙壁，参天古树，青苔覆盖的岁月，留下几许沉香、几多沧桑。走进古镇，就如同走在一幅古典风情水墨画里，青衫水袖，妖娆妩媚地蛊惑着每一个来人流连忘返，沉醉不知归路。

杨柳岸，乌篷船，典雅的石桥，临水而居的民宅，白墙黛瓦，古韵悠悠。

相见恨晚，时间太短，爱不够啊，恨不得多生出几双眼睛来。几千年不变，幻想和现实的重叠，岁月流逝，时光未老，有多少相似的故事在这里上演，相逢或别离，初见或擦肩。无论是过客还是归人，都会为之深深沉醉。

乌篷船在柔波里飘摇，撑着长篙的船工，水边浣衣的女子，凝神瞬间，时光就此静止了，从容而惬意，静谧而悠然。木格窗，雕花床，爬满苔藓的黛瓦，蜿蜒幽深的甬道，一不留神，就像流连在时光的长廊里，不知今昔，无论魏晋。

水里杨柳依依，风中落花纷纷。琳琅满目的古铺，风中飘动的酒旗，人流如织的街道，乌衣巷口斜挂着的夕阳，旧时堂前穿行的紫燕。青苔染绿的光阴，细雨打湿的情怀，唐时的明月宋时的风，明清的街道，现在的人。

一杯香茗，一段评弹，静谧的时光里，吴侬软语，丝竹弦乐飘飘，透着江南水乡特有的灵动和美韵。古镇，既诗意朦胧，又古朴典雅，落入红尘不世故，清丽脱俗，底蕴厚重，活色生香。

每个人心中都有一份古镇情结，褪去红尘的外衣，给心灵一份宁静，邂逅前世的那个自己。

第五辑 诗意的远方

来到梦中的乌镇,踏着寂寂的青石板小巷,邻列的弄堂,静谧的民宅,迂回的水路,任这座古镇的沉静,泅濡着自己的内心。穿行于每个巷口,都有一种似曾相识的感觉,好像前世今生的缘聚缘散,竟分不清我曾经在哪条路口徘徊驻足。

到西塘的时候是夜晚,灯火里的古镇更是美得迷人,你只需沿着岸边长长的廊亭一直走一直走。河对岸是清一色的白墙黛瓦,有多少扇幽窗,就有多少个美丽而动人的故事。

一串串大红灯笼高高挂起,各种各样的店铺比比皆是,找一间小吃馆,安静地坐下来,一边品尝地方小吃,一边欣赏过往的人们和风景,和这座古镇一起陶醉吧。

古镇是喧嚣都市里一方心灵的净土,来这里,无关风花雪月,无关历史厚重,只需跟着感觉走。置身其中,耳边熙熙攘攘的红尘渐渐离你远去,有一种远古的声音,在深深呼唤着你的回归。

千万里,我一直追寻着你。古镇,前世你是我袅袅婷婷的守候;今生,你从真实的梦幻中向我走来。为你挽起一地落花的惆怅,浅浅淡淡的情怀,在水墨丹青的江南,在相思如烟的巷口,搁浅……

只想,将相遇的每一朵芬芳,都谱写成一首情深深雨蒙蒙的歌谣,为你低吟浅唱。

— 鄱阳湖，沉睡着的美人 —

烟花三月，草长莺飞碧云天。当我的目光刚刚触及鄱阳湖的刹那，便被她碧波万顷、绿洲如茵、一望无垠的恢宏气势震撼了。

那是怎样的一种绿呢，芳草碧连天，惊心动魄！

大片大片的滩涂上，丰美的水草密集成一簇簇、一片片，星罗棋布，葳蕤成诗，满眸盈翠。又似一条锦绣的绿色巨毯，铺开来铺开来，一直向着更远的地方，蔓延伸展了去……绿染湖岸，绿到天涯，铺天盖地。

"福地飞来小南海，禅心静到大西天。"这是范仲淹贬任饶州知府时，游到鄱阳湖上的小南山，面对碧波万顷的鄱阳湖挥毫而就，以此赞美鄱阳湖的壮美景观。

极目远眺，烟波浩渺的水域波光粼粼，有着海一样的辽阔和博大。孤帆远影碧空，白鹭翻飞在蓝天碧水之间，水天相连处，群山变成了天

第五辑 诗意的远方

边的一抹淡淡的云,绵延在烟波浩渺的湖面上。远处的岛屿,像泊在水里的一个个盆景,秀影叠翠,小巧玲珑。宋代诗人苏东坡在《李思训画长江绝岛图》诗中时写道:"山苍苍,水茫茫,大孤小孤江中央。"

阳光是被揉碎的金子,不停地抖动着多彩的波纹,直荡漾得人心旷神怡,泛起一波一波的涟漪。这磅礴浑厚的气势,浩瀚得让人惊呼,想为她引吭高歌,想为她低吟浅唱,却又一时无语凝滞了,只能呆呆地望着她,找不出任何优美的词语来形容她的美。

"迟日江山丽,春风花草香。泥融飞燕子,沙暖睡鸳鸯。"

这是诗人杜甫描写鄱阳湖畔沙滩美景的绝句。鄱阳湖八百里,绵长的湖岸线有很多金灿灿的沙滩。蓝天,绿洲,碧水,金沙,是鄱阳湖一大壮丽的景观。

这里又是鸟儿的天堂,各种各样的候鸟在这块肥美的土地上栖息繁衍,自由自在地飞翔在这片水域上。而我们来的这个时候,却没有看到成群结队的鸟儿,只要几只白鹭在天空中翻飞。同行的当地友人告诉我:这个季节,鸟儿便开始每年一次的旅行了,都飞到北方你的家乡去了。等到秋后才返回这里来越冬,来到故乡便不再南飞了。

物华天宝,人杰地灵。鄱阳湖不仅是美丽丰饶的鱼米之乡,而且有着深厚的文化底蕴,人才济济、英雄辈出。唐代诗人王勃在《滕王阁序》中的名句"渔舟唱晚,响穷彭蠡之滨",描述的正是鄱阳湖上的渔民捕鱼归来的欢乐情景。这里,曾经留下了众多文人墨客的足迹。

而自古以来，鄱阳湖就是兵家必争之地。那些暗淡的刀光剑影，远去的鼓角铮鸣，依稀在眼前。任时空变幻，风云吹散，那些熟悉的名字，将永远烙印在后人的心中。鄱阳湖上，掀起的波浪，那是一股英雄气在纵横驰骋。

穿越时空隧道，我看见，东汉末年大将军周瑜在这里操练兵甲，而后率江东军队与刘备联合，赤壁之战一举破曹，继而三分天下。我听见，战鼓擂擂，烈火熊熊，元朝末年朱元璋大战陈友谅，几十万大兵在鄱阳湖水域厮杀对峙了一个多月，终于一统天下。这些，都谱写了鄱阳湖历史的辉煌。

登上南矶山，这座美丽的小岛，位于鄱阳湖西南岸的水域中。每年春夏湖水上涨，四周一片汪洋，站在岛上犹如置身于大海之中。秋季开始至次年春初，湖水退下，河溪纵横交错，湖泊星罗棋布，水草碧绿如茵。

我们来的时候大巴车可以沿着蜿蜒曲折的小路开过来，友人说，"到了湖水上涨时，那条路就被淹没在水下五六米深了"。"那住在这里人怎么出去呢？""就只有靠船啦。"

山清水秀，树绿草美，风光绮丽。有渔民荡着船儿悠闲地捕鱼，还有的在结网，据说岛上居住着仅有三千多人。山中一座没有院墙的小房子吸引了我，门前有一株桃花艳艳地开着，住在这样的人间仙境，简直

第五辑 诗意的远方

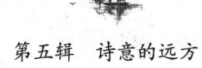

就是神仙一般。出门见山、见水、见树，邀清风白云来做客，和山水草木相依偎。这不正是当年陶公笔下的世外桃源吗？这不正是我们所向往的诗和远方吗？

此刻，真想变成这里的一株草，或者是一只鸟儿，自由自在地享受大自然赋予的恩泽。不然就化为那一抹绿，或一抹蓝，融化在大地或天边……

我奔向那片绿洲，面朝鄱阳湖，伸出双臂："鄱阳湖，我来啦！"

鄱阳湖的美，美得自然，美得清纯，不施粉黛，没有任何人工雕琢的痕迹，一切都是原生态的自然景观。这里的资源没有被开发利用，没有被过多地打扰，没有霓虹闪烁，没有浓墨重彩。她就像个睡美人一样，静静地卧在红尘之外，一睡就是千年。

— 朱家裕的旧时光 —

不知为何，走进朱家裕总有一种回归的感觉，就像漂泊在外、厌倦了奔波的游子，终于找到家一样地亲切。又像是一个江湖倦客，终于觅到了一个温馨的避风港，愿意卸下一肩的劳形，静静地享受这宁静与安详的时光。

破旧的木门，残垣的石头墙，简陋的土坯房、老井、织布机、玉米秸，磨盘、石碾、老人、土炕，那么多熟悉的东西和熟悉的场景，分明都是一直深深驻扎在童年记忆中无法抹去的影像。

踩着高低不平的青石板，沿着那条早已被时光磨去棱角的古道一路行走，各种古建筑遗址随处可见，自然景观数不胜数，并且都尚好地保存着明清时代的建筑风格。石桥、祠庙、古宅、老井、学校等古文化遗址星罗棋布。青石或青砖砌墙的老宅顺山就势，高低参差，错落有致，疏密有间。

第五辑 诗意的远方

断壁残垣的土房，破旧不堪的木门，以及院子里随意生长的杂草，和堆放着的柴草物件，都让人倍感亲切。一条条青石板路迂回曲折，上下起伏，蜿蜒幽深，扑朔迷离，一不留神就会迷失了方向，却给这个具有六百年历史，享有"齐鲁第一古村，江北第一标本"的朱家裕更增添了几分神秘的色彩。

我喜欢那些旧，带着沧桑的厚重和美感，看到它们，从前那些落满尘埃的旧时光，以及旧时光里的人和事，便纷至沓来，总让我激动不已。

最先映入我眼帘的，是村寨的一处旧宅院前，一位身着青布衣的老妇人，在秋日的艳阳下，正弯腰梳理织布的线。呀，这种场景有多少年没见了？看她以娴熟的动作，一丝不苟地低头忙活着，恍若梦中一般，我一下子遇见了童年的那个自己，一个头扎羊角辫的女孩儿，围着理线的母亲，跑来跑去。

绿树掩映下的古老村寨，处处彰显着她的宁静、淳朴与幽深。老旧的角门前，摆放着当柴火烧的作物秸秆，比如玉米秸、芝麻秸、花生秸等，还有绑扫帚的一种高高的野草，我不知道叫什么名字。这些，都是小时候常见而熟知的。

路过一户人家，一座破旧的院子，老式的木门两边贴着鲜红的对联。半矮的石头墙，墙边堆积着成捆的树枝和木棍，一位衣着朴素的老者，坐在那里摘辣椒。旁边一堆收割回来的辣椒秧子，一只只红红绿绿的辣椒，被他随手放进篮子里。院子里几只鸡在追逐，咯咯地飞上墙头，一只小黄狗趴在墙根下晒太阳。

在他的西边,又是一个空宅,破旧不堪的木门紧闭,"应怜屐齿印苍苔,小扣柴扉久不开"。

三间只剩下墙皮的土坯老屋,几根光秃秃的木梁支撑着摇摇欲坠的断壁残垣,看来早就荒废了。似曾相识燕归来,我对着它发了好一会儿呆。

古街上游人络绎不绝,但丝毫没有打破她的古朴与宁静。村民们不多,多数是上了年纪的,摆设地摊卖自家的山货和土特产。最多的是烙煎饼的小吃摊,有趣的是,他们都是用柴火烧火,没有一个用煤气炉的。而且很便宜,五毛钱一张,卖家老人一脸的和善,全然不像个生意人,热情地招呼客人,说,"买不买不要紧,先尝尝好吃不?"就像邻家大妈一样和蔼可亲。尝一口,又香又脆。

还有很多山里的核桃、地瓜、芝麻、山楂等,我买了几块地瓜和核桃,还有一袋野菊花、一把野丹参拿回家。墙角处,一个老头在地上编小篮。我问,"这是用什么编的?"他说是榆条,一只小篮也不贵,五块十块不等,我拍了照片,定格住这一瞬难得一见的场景。

一条狭窄幽深的小巷吸引了我的眼球,走进去,巷子狭窄的仅能容下一个人,踏着乱石铺就的小路,斑驳的墙体,诉说着无言的沧桑。

走在古村,就像穿行在时光隧道里,有种时光倒流的错觉。歪脖子大树上吊着的古钟,墙壁上醒目的"抗战到底"的标语,朱氏家祠的雕

第五辑　诗意的远方

梁画栋，吧嗒吧嗒响的织布机和转动着纺车纺线的白发老人，《闯关东》旧居里静默着的石碾，或许，一个不经意的转身，又会邂逅《老农民》里小转儿的家。

在荧屏上看过牛大胆和马仁礼的住的屋子，那些古朴老旧的家居，以及街道上熟悉的场景，直抵心扉，一下子就勾起了我浓浓的乡愁。一直疑惑，这是从哪里找来的呢？后来才知道，原来它就在我们山东章丘拍摄的，所以，一定要去看看。

而今，我也亲临实地探古访幽，终于圆了一个梦，来到他们住过的屋，走了他们曾经走过的路，看了他们曾经耕耘过的那片田。

古村，这里每一处，都镌刻着时光的痕迹，每一扇木门或旧物，都可以让人生出无限的情思。随处就可以捡拾起一个故事，只是，风流总被雨打风吹去。那些布满沧桑的旧，沉淀着岁月的馨香，如一坛陈年老酒，就那么轻而易举地俘虏了你的心，让每一个前来拜访的人，都深深为之沉醉。

曾经去过江南的古镇，也去过平遥古城，那里尽管也很美，但毕竟离我们太遥远了。远不如朱家裕这般心有灵犀，能引起共鸣，就像发生在我们身边、发生在昨天的事一样，有一种莫名的亲近和似曾相识的熟悉。

只是，来去匆匆，还未来得及细细品味，就要踏上归程。不过，这样的留白，让我对古村的眷恋更加深了一层，意犹未尽。

朱家裕，我还会再来的，下次我一定要在这里待上几天，像回娘家一样，就住在那个老房木门的旧宅院里，没有车马喧，吃山里人的粗茶淡饭，睡北方的火炕头。

朱家裕，一个古老的山村，用她的悠悠古韵，于纷扰喧嚣的尘世间，默默地守候着一份本真的淳朴与安详，无言中蕴含着深沉的大美。只为等待读懂她的人，来与之目遇成情。

第五辑 诗意的远方

－ 春风十里菜花黄 －

江南的菜花，美得惊心！而且气势浩大，你就没见过那么多那么深那么广的菜花，一片一片呼啦啦开满整个春天，一眼望不到边。

碧云天，黄花地，麦苗青青，春水悠悠。远远望去，阡陌纵横，田野就像一张锦绣的地毯，一直伸向更远的地方。翠绿鹅黄，相得益彰，明媚的阳光下熠熠生辉，灿烂夺目，一片金碧辉煌。又像是一幅神来之笔挥就的动态画，春意盎然，成波成浪成海洋，春风一起，浩浩荡荡。

那阵势，那气场，仿佛将春风摇得铿锵作响，简直把人的心都鼓动得不能自已，像沾了杏花酒，饮了桃花酿，飘飘然欣欣然，再也坐不住了。

这是三月江南之行在高速公路上一路收获的美景。若不是大巴车一直在行走，若不是车在高速路上，我一定会冲下去，奔向那片明艳艳的菜花黄！

怎么舍得放弃呢，这一直是我的一个梦想，去江南，赴一场金黄的菜花盛宴。可惜这次去的是苏杭上海，并不是菜花的故乡。然而老天对我特别眷顾，从山东到杭州正好纵贯江苏南北，一路走来，菜花一直陪伴着我，惊艳着我，芬芳着寂寞的时光。

春风十里扬州路，万里江山披锦绣。那一片金灿灿的黄，流光溢彩，长风浩荡。不摇香已乱，无风花自香。

恰好路过扬州，一路看尽菜花黄。"百亩庭中半是苔，桃花净尽菜花开。"回眸间，一片桃园闯入视野，灿若云霞，烟柳拂堤，金黄的菜花，碧绿的原野，小桥、流水、炊烟、人家。三三两两的农人，在一片翠绿鹅黄的田地间耕作，像从陶渊明的世外桃源里走来的一样，令人神往。如梦似幻，恍若隔世的美。

江南人似乎对菜花并没有那么大的新奇，他们从容地行走在铺满菜花的田间，却没有一个赏花的，或许是他们对菜花太熟稔了吧。

江南的小院多数是没有院墙的，每家每户房前是菜花，屋后是菜花，左边是菜花，右边还是菜花。一座座小院被菜花包围得密不透风，金黄的波浪漫卷着把房子都给淹没了，远远望去就像是泊在香海里一叶叶轻舟。

生活在这样诗情画意的人间仙境，是哪辈子修来的福气？干活时闻着花香，读书时闻着花香，吃饭时闻着花香，连夜晚都是拥着花香入眠的。这是一个闻着花香可以做梦的好地方，梦里的笑容也是甜甜的吧。

第五辑 诗意的远方

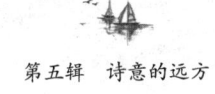

我特意坐到靠近窗口的那边，一直对着那片菜花看啊、拍啊。兴奋不已。大巴车上有一半是大学生，因为都赶着清明假期出游，仅有个别和我一样的人对着窗外拍，而多数人在低头玩手机，或者打瞌睡。

现在人们都成了低头一族了，无论是在行走在街上还是坐在餐馆里吃饭，无论男女老少，甚至上卫生间也不忘拿着手机看。高科技的现代技术带来便捷的同时，也让人失去了许多的趣味甚至美好。

譬如，这次出游本来可以坐飞机或乘高铁，但我还是选择了大巴车。既便宜又可以一路欣赏美景，一举两得。因此，一路走来，我不看手机，不敢睡觉，不想失去这难得的机会，即便在黄昏和夜晚。

东风袅袅泛崇光，香雾空蒙月转廊。
只恐夜深花睡去，故烧高烛照红妆。

苏东坡的这首《海棠》，用在这里正合适不过了。

微风轻拂着海棠，花儿在风中泛出华美的光彩。海棠浓郁的幽香在氤氲的雾气中弥漫开来，沁人心脾。诗人把爱花的心和情意之缱绻，表现得淋漓尽致。我也不想睡去，我也要陪着花儿，怕她独自在暗夜里孤寂，尽管隔着一路夜色。

一直相信，一切遇见皆有缘。这是我和菜花的缘，尽管不能近距离地去欣赏，尽管隔着窗、隔着雾，隔着杏花春雨，隔着茫茫夜色，隔着一段不可逾越的距离。

就这样远远地观赏,感恩这份眼缘带给我的,不仅是一场视觉上的华美盛宴,而且足矣慰藉一颗彷徨的心。

就像喜欢一个人,只一眼,一眼足够了呀。

第五辑　诗意的远方

– 那一片千年的蒹葭 –

天苍苍，野茫茫

风过芦苇荡

芦花飞，秋水长

大雁排成行

在红尘中待得久了，倦了，总想找一个地方去安抚一下疲惫的心。于是，国庆节期间，来到了东营黄河入海口的湿地公园。

这片由母亲河——黄河与东海的交汇，孕育出的神奇的土地，是大自然最丰厚的馈赠，成为共和国最古老而又最年轻的黄河湿地。以她得天独厚的地理环境和自然景观，吸引着全国各地的游客，人潮如海，客来车往，蜂拥而至。

目光所及之处，到处都是芦花纷飞的芦苇荡。你就没有见过那么多那么深的芦苇，成片成片地连接在一起，一眼望不到边，莽莽苍苍、浩浩荡荡。

各种各样的水鸟在这里栖息，自由自在地生长，野鸭子成群结队地出没在水面上和芦苇丛中，还有天鹅、大雁等鸟儿飞翔在蓝天之上。站在水边瞭望，风吹着银白的芦花，汇聚成一片海洋，气势浩大，无边无际。

"蒹葭苍苍，白露为霜。所谓伊人，在水一方。"这是从《诗经》里走来的那片千年的蒹葭吗？那个远古的梦幻，望穿了几多秋水，沉醉了多少心田？透着悠悠古韵，那么美，那么醉！

芦苇，本是很普通很平凡的植物，在我老家随处可见，河边、池塘，一簇簇、一片片。但像这样一大片一大片的、漫天都在飞舞的芦花，还是第一次见到。

着实被她惊艳了。

这荒天野地里的芦苇，一副天生地长的模样，没有雕琢，不施粉黛。我喜欢这纯天然的原生态的美，她带着田野的清香，滴着秋露的清凉，一身绿衣，素颜薄面，临水而立，却有着一种卓然出尘的飘逸之美。自然纯朴中，自有一份灵秀，素雅从容里，蕴含着绵绵深情。

广袤无垠的天地间，那一片辽阔的芦苇，在水之湄，秋风四起，婆娑而舞，摇曳生姿，如波涛起伏，连绵不断，别有一番风韵。雪白的芦花，在阳光下肆意地怒放，熠熠生辉，像一大片白云落下来，瞬间风起云涌，一望无际，蔚为壮观，有一种夺人魂魄的旷世之美！

一个年轻的女孩，快乐地穿行在绿色的芦苇荡里，不停地拍照，手里掬一捧雪白的芦花，笑容恬淡。有美一人，婉若清扬，如果不是周围人潮涌动，你真的会以为她就是从诗经里走来的那个秋水伊人。

其实，哪里还需要刻意寻找场景，你就随意那么一站，云朵晴空，碧水悠悠，芦花似雪，人与自然是那么和谐美观，随处都是一副绝美的画面。

置身于这广袤寥廓的远古旷野之中，天苍苍，野茫茫，念天地之悠悠，不由感叹，人在自然面前，真是渺若微尘。此刻，就想化作一株风中的芦苇，静静地守候在这一方天地间，与世无争，悠然自得。

就让尘世里的那些喧嚣、那些纷争，都随风而去吧。

朝洒清露，暮披夕阳，赏落霞与孤鹜齐飞，看秋水共长天一色。人在红尘中，心在云天外。

原来，生命也可以这样，把自己交付于自然，用一颗感恩的心去领悟，生命本身就是一个奇迹，能够享受眼前所拥有的一切，就是最大的福报。

在黄河入海口，你又可以领略到另外一种美丽而壮观的奇景。浩渺的水面上，天连着水，水连着天，孤帆一片日边来。秋水长水，撑一只长篙去寻梦，人如在画中游。黄河，就如一条桀骜不驯的巨龙，裹泥带沙汇入蔚蓝色的大海里，形成了黄、蓝两条鲜明的分界线，可谓天下奇观。

　　黄河之水天上来，奔流到海不复回。不得不佩服大自然的鬼斧神工。大美无言，静远深美的东西总能唤起心灵的共鸣，让一颗浮躁的心渐渐归于平静。

　　返程的车上，有游客抱怨，"不就是片芦苇荡吗，有什么好看的？没意思。"大巴车司机师傅说得好，"只要你心美，看什么都美。你看见上海来的那个师傅了吗？他回去一定把那芦花当宝贝似的养起来。"

　　果真，那人从一上车，就对着手里的那丛柔软的芦花，不停地左瞧右看。还有两个儿童，将芦花弄得乱飞，雪白的花絮落到人们的头上身上，可谁也不恼，嘻嘻哈哈。

　　旅游回来，友人问我，那里有什么好玩的，我说，好玩的很多，可我就记住那一大片一大片的芦苇荡了。

　　是的，那一片沾满清露的蒹葭，那一片纷飞如雪的芦花，带着远古的况味，摇曳着千年的情思，从《诗经》里、从唐诗宋词里悠悠而来，成了我梦中挥不去的牵挂⋯⋯

第五辑 诗意的远方

— 绿树浓荫桑葚甜 —

"桑舍幽幽掩碧丛，清风小径露芳容。参差红紫熟方好，一缕清甜心底溶。"

芬芳的五月，微醺的风呼唤着果实的成熟，绿叶成荫子满枝。这个季节，正好是德州夏津黄河故道森林公园桑葚果生态文化节开幕期间，于是，约上几个知己密友，丢开永远也忙不完的红尘俗事，去夏津桑葚园，摘椹子去。

驱车也就是一个小时的路程。天朗气清，初夏时节，到处是满眼的绿，除了田野里的麦浪已由绿泛黄，麦收就在眼前。一想到麦收就是满满的回忆，说起从前怎么割麦子、轧场，那些年的那些事，往事斑斑到眼前。

说笑间就到了入口处。门前是一大片鲜花相迎，金黄的、嫩白的、粉红的，五彩缤纷，在初夏的风里摇曳生姿。

放眼望去，是一片绿色的桑葚林，一棵棵几十年上百年的古葚树，枝繁叶茂，遮天蔽日，像一把把巨伞，撑起了一片浓密的绿荫。

漫步在这清幽静谧的林荫丛里，简直就是置身于天然氧吧中，恍若进入"世外桃源"一般。即使头顶上烈日炎炎，凉风却依然抵挡不住地徐徐吹来，清爽宜人，来时带的防晒衣帽都派不上用场了。

我还是头一次见到这么大这么多的桑树，惊喜若狂。粗壮嶙峋的树干旁逸而出，一粒粒肥大的桑葚闪耀在层层叠叠的绿叶间，密密麻麻，硕果累累，坠满枝头。透着紫色、红的、白色的光泽，诱惑着每一位来人。

伸手摘一粒，根本不用清洗，这都是天然生长、无任何污染的桑葚，偌大的树林里竟然看不到一只苍蝇，除了偶有几只盘旋的蜜蜂。尝一口，醇美甘甜，像吃了蜜一样，非常好吃，那种彻头彻尾的香甜一直沁到心里去了。

以往吃的桑葚都是从集市上买来的，回到家一遍遍地清洗后，再也吃不出那种原始的甜味了。而这次却不同，可以这样近距离地与大自然相亲相融，既能享受天赐的一份田园野趣，又可以体味一回采摘的快乐。太美啦！

绿色的田野，茂密的树林，还有可以采食的果实。初夏的阳光透过浓密的枝叶，散落了一地的碎片，光影斑驳，明晃晃亮闪闪。我们几个早已兴奋得手舞足蹈，像一群野孩子，纷纷像猴子一样爬上树，摆出各

第五辑 诗意的远方

种搞笑的动作。儿时经常干的那些偷瓜摸枣的事，曾经无数次在梦境里出现的，今天终于有机会"重操旧业"了。

岂不快哉！

刚刚上车前还一本正经、严肃认真地给员工训话的刘老板，此时却换了一副尊容，噌噌噌第一个蹿上去，嘻嘻哈哈地像个老顽童。就连一向温文尔雅的姚校长，也不知何时攀到了另外一棵树的最高处。一看这阵势，我和桂英两个女生也不甘示弱，穿着裙子就上去了。

当然嘴也没闲着，边爬边摘，边说笑边咀嚼着甜甜的葚子。朱总最热心了，自始至终一直拿着手机给大家不停地拍照，从背景到角度，不厌其烦地指挥着。一张张笑脸在绿荫丛间若隐若现。

岁月这把宰猪刀，刀刀催人老，心若年轻，又何惧人世沧桑？此时此刻，就想做一回简单快乐的自己。

新摘的桑葚，那么新鲜，那么香甜！这黄河故道孕育出来的甜蜜果实，完全是纯天然无公害的绿色食品。朱总不敢多吃，担心血糖升高，我们可管不了那么多，直吃得手指和嘴上都染成了紫色，笑声阵阵，伴着清脆的鸟鸣，在绿色的风里飘荡。食指按快门，定格下了一个个单纯而快乐的美好瞬间。

午餐时，我们不去大酒店，特意挑选了一个环境优美的农家小餐馆。前面是桑树，后面是桑树，右边是桑树，左边还是桑树。绿色的院子里，有新摘的野菜，有伸手就可以采食的甜葚，静幽清凉的绿荫下，小方桌一摆，小马扎一坐，小风一吹，小酒一杯，不曾沾酒人已微醉。

真是快活赛神仙！有野餐的味道。先品尝了甜甜的桑葚酒，不够劲儿，来杯白的，今天我想买醉一回！

又好像回到了童年的那些快乐时光，各自说起当年在地里的野炊。逮了树上的知了、草丛里的蚂蚱，小河里摸来的鱼和青蛙，屋檐下掏出来的麻雀。点燃了树枝柴火，知了和蚂蚱直接架在火上烤，青蛙、麻雀和鱼，要先要涂上一层泥，等熟了以后直接褪去上面一层皮，露出里面鲜嫩无比的肉，真是人间美味！

山珍海味也有吃腻了的时候，还是乡野淡饭暖人心，唯此足矣安慰一个农村养大的胃吧。也许是时光越老人心越淡，越来越喜欢回忆过去，怀念童年和故乡的味道。

真的希望长大后的我们能够在成熟以后，依然保留最初的那颗童心，心里始终有一个关于童年的梦，去与这个世界温柔相拥，寻找那份单纯而天真的快乐。

只是再美好的童年，永远回不去了，而现在我们所拥有的，也必是将来所怀念的。因此，珍惜眼前，爱你现在的每一寸时光！

圈子虽小，干净就好。朋友不需太多，懂得就是最美。总有那么一个地方，让你感觉最开心最舒服。在这里，你可以将自己全部打开，不设防，不做作，可以放下所有的累。气场相投的人在一起，是欣赏，是默契，是懂得，是愉悦，是心灵的休憩与放松。

第五辑 诗意的远方

无论是庙堂之上，还是江湖之远，有人陪你哭陪你笑，懂你的苦，知你的甜，雨中撑伞，雪里送炭。得意时，有人听你吹听你侃，失意时，他会拍拍你的肩膀，在一份无言的默契里，彼此照见，彼此温暖。

别老是与世俗纠缠不休，不要成为金钱的奴隶，忙忙碌碌的日子里，偶尔也给心情放个假，约上三五知己，走进大自然，享受一下田园牧歌的诗意与浪漫。

摘桑葚，品尝甜蜜的快乐，捡拾童年的梦想，绿荫下，野菜窝窝头。我有一壶酒，足矣慰风尘！

回来的路上，不长也不短，刚好可以欣赏一首歌，秋裤大叔的《一晃就老了》：

不知道何时鬓角已染霜

不知道何时颜容已沧桑

忽然怀念从前那些逞强

和懵懂无知的年少轻狂

一瞬间发现人生太短暂

一瞬间发现路不再漫长

还没腾出双手拥抱自己

时光竟已走得这么匆忙

怎么刚刚学会懂事就老了

怎么刚刚学会包容就老了

怎么刚刚懂得路该往哪走

怎么还没走到就老了

怎么刚刚开始成熟就老了

怎么刚刚开始明白就老了

怎么刚刚懂得时间不经用

怎么转眼之间就老了

只听得心里湿漉漉的，漫起了层层雾，有一种时光在体内流转的隐痛。

时间真的不经用，一晃就老了。幸好有你在，赏过美景万千，最美不过有你的陪伴。

如果回忆是一壶老酒，谁愿与我同醉，相知年年岁岁？

第五辑 诗意的远方

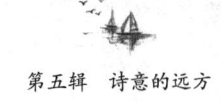

- 金秋十月，与你有约 -

金秋十月，天高气爽，枫红菊黄，又是一年秋风劲，不似春光胜似春光。

这是一个五彩斑斓的季节，适合远行观赏，也适合思念相聚。趁国庆小长假，三五知己同行，来到了阔别已久的母校所在地——美丽的济宁。

有人说，爱上一座城，是因为城中住着一个爱着的人。其实，有时候，爱上一座城，并不一定与爱情有关。她或许就是一段美丽的过往，她曾经见证过我们飞扬的青春，就像故乡一样的亲切，曾经温暖了一段难忘的岁月，曾经点亮了我们人生的梦想。只因这份不解之缘，才有了此生的念念不忘。

驶入高速公路，从德州到济宁，三百多公里的路程，驱车三个小时就到了。高景美的驾驶技术真是到家了！至少比我强百倍，学来的驾照成了摆设，就是不敢开。

老同学见面，总是"分外眼红"。用老公说我的话就是，见了同学比亲人还亲。孙东育早就安排好了住宿，这次就是应他之邀而来的。多年不见，他还是老样子，嘻嘻哈哈，脸上永远挂着滑稽的笑容。一副邻家大哥的形象，朴实、诚恳、热心。而陈青，居然一点儿没老，还是那张粉嫩的笑脸，像邻家小妹一样清纯可爱，热情洋溢。

故地重游，踏上这片熟悉的土地，总有一种特别的亲切感。玉堂酱园、太白楼、影剧院、铁塔寺、公园、商店、菜市场，是我们经常光顾的地方。陈青家就在附近，我们还去她家听过唱片呢。

每到周末，我们就满大街瞎逛，不是看电影就是逛商店、公园。买一只两毛钱的雪糕，边走边吃，学校附近有个东郊商场，不大，女生用的上海牌雪花膏，以及各种诱人的甜点，是我的最爱，我和陈青、高景美经常去买。穿过马路，学校对面就是一大片绿油油的庄稼，我特别喜欢去那里散步。芳草野花遍地，绿意盎然。

法桐！对，就是法桐。如今街道两旁高高大大的法桐，已长得遮天蔽日，撑起了一条宽阔的林荫路。上学时，给我印象最深的就是法桐，校园里，街道上，到处都是郁郁葱葱的法桐。我还是第一次认识它，一直保留在青春的影像里，因为它曾陪伴我一起走过那段青葱的锦瑟年华。

直到今天，一看到法桐，我就会想起济宁，想起母校。

第五辑 诗意的远方

很遗憾，母校早就拆迁了，新建的校园比原来阔气了许多，但再也寻不到当年的旧址和原貌了。我真的想去我们的教室里坐一坐，去我们的宿舍看一看。看阳光在法桐的叶子上跳舞，听鸟儿在枝头上歌唱，看鸽子在蓝天上飞翔。

一身身银灰色的校服，一张张清纯的笑脸，神采奕奕，一起学习，共同探讨，围桌共餐，同台表演，打扫卫生，给同学做被子，一起逛街，一同看电影。操场上矫健的身影，教室里嘹亮的歌声，宿舍里笑声连连，图书馆里静心品读。校园里，到处都是我们留下的青春足迹。一幕幕生动鲜活的情景，就像昨天，犹在眼前。

下午，李本明和陈青领我们逛了逛小北湖，看到了大运河的原始风貌。济宁，素来以"江北小苏杭"而著称，风景优美赛江南。那些美景我没记住多少，只记得落叶斑驳的小径上，那一张张灿若晚霞的笑脸。

天气异常晴好，斜阳夕照，红彤彤、金灿灿，一片流光溢彩。

赶到酒店的时候，已经华灯初上了。

这次，还特意请来了两位班主任林老师、陈老师，和一位当年最年轻最帅气的小王老师。刚到酒店，陈青一一做介绍，我拉住陈老师的手，"您好！陈老师。"再仔细端详着他的脸，微胖的身材和满头华发，怎么就是找不到当年的一丝影子呢？

一旁的陈青直笑得前仰后合，"陈老师还没来，他是咱们的班长胡存洪。"

林老师还是那么幽默可爱，见我一身旗袍，说，"不必这么隆重！"他和同学们处得非常融洽，不苟言笑，就像哥们儿、朋友一样随意。大家回忆过去，举杯畅饮，欢聚一堂，其乐融融。

难忘今宵！

别梦依稀，故园回望，三十余年如一梦。

"桃李春风一杯酒，江湖夜雨十年灯。"

老了吗？拿出当年毕业时青涩的合影，不仅穿戴那么接地气，而且长得更接地气。都是土生土长的原生态，咋看咋像一家子走出来的孩子。

曾经"杏花疏影里，吹笛到天明"的年代一去不复返了，尽管朝如青丝暮成雪，但依旧拥有一颗不变的初心。岁月不曾饶过我们，我们又何曾饶过岁月？如果说，青春是一场盛大而华丽的谢幕，来不及认真地年轻，那就选择精致地老去吧！

饭后，意犹未尽，刘启亮又执意请我们去嗨歌。霓虹闪烁的歌厅里，一群"无龄"男女狂歌乱舞，欢声笑语，时光倒转，一下子回到了几十年前。我被青春撞了一下腰，笑得春风跟着用力摇。

真好，出走半生，归来依旧少年。

次日，林老师一大早就赶到了我们的住处。他曾邀请我们去他的家乡汶上宝相寺游览，以为他也就是那么随便客气一下，没想到真的来了。又让我们感动了一回。

宝相寺是齐鲁大地的名寺宝刹，每天都有来自全国各地的游人，络

第五辑 诗意的远方

绎不绝地前来膜拜。在这里,有幸拜见了隐世八百余年的释迦牟尼真实的佛牙。林老师领我们从后门进,又入塔宫内底处,因为,这方圣地是不对外开放的,平时游览的人拜见的都是佛牙模具,就连当地人也是难得一见的。这是此行最大的意外收获了。

无比珍贵,何其幸运!

来到汶上同学强国考工作的法院内,一进门,一股浓浓的花香,迎面扑来,直牵住人的眼,绊住人的脚。环视四周,没有花树啊,同学指着门前冬青一样的几棵小树说,这是桂花的香。

呀!原来这就是桂花,浑身开满了淡黄色的小花,这么不起眼,却又香得这么彻头彻尾。风动桂花香啊!我和吴秀华、高景美连忙采集了一些香桂,宝贝似的。金秋十月,丹桂飘香,让我们也染一身香吧!

请把你的香,带回我的家,请把你的爱,装进我的心。

此次,真是不虚此行。意外的收获,花开,见佛,惊喜连连!

我不是佛教徒,但我非常信奉佛的那句话:一切相遇皆有缘。

人与人的缘,我与佛的缘,花与人的缘,我与你的缘。相信,今生所有的相遇,都是前世的重逢。

于千万人中,于时间无涯的荒野里,没有早一步,没有晚一步,偏偏遇见你,而不是别人。

你来,我在。我来,花开。

我感恩,出现在我生命里的每一个人,我珍惜,每一次遇见和每一份善缘。

苦乐年华，一切的经历，皆为美好；所有的走过，都值得铭记；一切的遇见，都值得珍惜。哪有那么多恩恩怨怨，当光阴老去的那一天，连回忆也是镶着金边的。

有一种情感，不必常联系；有一种友谊，从来也不需要想起，永远也不会忘记。

第六辑　不说爱你说珍惜

第六辑　不说爱你说珍惜

－ 羞答答的玫瑰静悄悄地开 －

那一年，我十六岁，梳着两根长长的辫子，挑着扁担去村东南那口老井担水。学着大人们的样子，用长长的井绳把水桶系到井底，再一左一右摇摆两下，然后将水桶一下一下地拎出来。

这个活可不是那么容易的，多数的时候都是前来挑水的乡里乡亲帮我拎出来。一个女孩子的力量，毕竟是单薄的，所以经常被婶子大娘指着我扭扭捏捏的架势，取笑我像《朝阳沟》里的银环。

那是一个夏日的午后，我穿一件水粉的确良新衣，站在井台上的那棵柳树下，望着深幽幽的井底犯难。听到身后有人喊我，一抬头，柳荫深处走来一个人，八月的风吹起他的发，也掀起他雪白的衬衣，阳光照着他年轻俊朗的脸。

是见过他的，知道他是乡里派到我们这里驻村的工作人员，二十多岁，笑起来眼睛弯弯的，像一汪泉。尤其是说起话来，那声音像电波一样诱人，那些比我长几岁的姐姐们总是众星捧月似的围着他转，一口一个"小孙哥，小孙哥"地叫着。对于我来说，他是云端上的人，遥不可及。

"你也会挑水？"他笑吟吟地问，"你爸可真舍得，就不怕弄脏了你的新衣裳？"

说着就从我手里夺过井绳，三下五除二把水提出来，很麻利地挑在肩上，然后对着在一旁傻愣着的我，说："快走啊，前面开门去。"

老井离我家并不远，拐过一道弯就是一个池塘，我们那里叫湾，再沿着湾边走过一段坡路就到了。

阳光洒在水面上，泛着绿油油、亮晶晶的光，水湾周围是许多茂盛的杨柳，像一把把巨伞，撑出一片绿荫。风摆着长长的柳丝，柳丝垂在水面上，绿影婆娑，蝉声长鸣，有谁家的鸭子在水里呱呱地叫着。

走在这样的林荫路上，曲径通幽，柳暗花明，他飘逸的身影就像行走在画里一般，那么的诗意。铿锵有力的脚步声，踏在我的心上，一下，两下……

四目相对的刹那，有热浪扑面而来，随调转目光去看那一湾碧水，心潮也随着绿波荡起了层层涟漪。我恨那段路怎么那么短呢，短得连一句话都没有说。

哪天还能再遇见？心里念着、盼着。

原来，他住的地方就在老井的附近，而且是我必经的路口。一个小院，没有院墙，窗前有一棵树，他经常坐在绿荫下，手里捧着一本书。

后来才知道,他写得一手好文,还在报纸上发表过不少。

也许从那时候开始,我便狂热地爱上了文字。把他的文章逐字逐句地认真抄下来,一遍又一遍地反复阅读。开始偷偷学着写诗,全是那些朦胧诗,天知道是写给谁的。

诗写了一首又一首,日记越来越厚,心思也越来越稠了。只是,那么多的诗却到底没有勇气拿给他看,只把老师当成范文的作文给他了。

"玫,你真的很棒!"

他捧着我的作文本,脸灿烂成了一朵花。"还不是多亏了你的指教,小孙哥。"我也跟着这么称呼他。

那个时候,刚刚读完了《红楼梦》,我把他想象成大观园里的宝玉,而我是不是他心中唯一的那个林妹妹呢?没有自信。因为几个姐姐和妹妹经常没事就往他那里跑,不是给他洗衣服就是找他玩儿,而我除了跟他借书和学习,别的似乎找不出理由去。而每次只要我出现,他必定兴高采烈地丢下她们只管来陪我。我以为,他把我当成了小妹吧,分外地照顾。

很清楚地记得,在他借我的书里,夹着一首诗,是他刚劲的字体:

偶然

我是天空里的一片云

偶尔投影在你的波心

你不必讶异

更无须欢喜

在转瞬间消灭了踪影

你我相逢在黑夜的海上

你有你的

我有我的方向

你记得也好

最好你忘掉

在这交会时互放的光亮

"这是你写的吗？这么美。"

"是我最喜欢的一首诗，徐志摩的。"

他目光灼灼地望着我，"如果你也喜欢，就送给你吧。"

也是从那时才知道，有个诗人叫徐志摩。我把他抄的这首诗，很认真地攥在手心里，每晚趴在被窝里偷偷拿来出看，就像他写给我的，甜蜜中带着淡淡的惆怅。仿佛冥冥中早就写好了结局，命运里有一些东西总是不可逆转的。

冬天走了，春天来了。

第六辑 不说爱你说珍惜

那个年代，村里几乎没有什么娱乐活动，唯一盼望的是看一场黑白的露天电影。一场电影要反复看好几遍，在这个村里看了，再去邻村看，也不烦。

一个月色朦胧的晚上，众姐妹和他相约一起去邻村看电影。没有自行车，几里的路程都是步行，踏着如水的月光，一路上洒满了我们的笑声。因为他在，时光也变得浪漫起来。

电影开始了，他就那样紧挨着站在我的身边，全然不记得电影里的画面了，心心念念的都是他。

初春的夜，渐渐地凉了，我不由得裹紧了单薄了衣衫。"冷了吧？玫。"他扭头对我说着，随脱下他身上的那件军用大衣，不容分说地给我披上。在姐妹们艳羡的目光中，我羞涩地低下了头。

他离我是那么的近，近得我的发丝刚刚触到了他唇，近得他温暖的气息在我脸颊上游走，我听见自己咚咚的心跳声，那双有力的大手轻轻地落在我的臂膀上。

心头，就像三月新枝上锁着春色的花蕾，幽幽地盛开了。

那个情景至今回味起来都刻骨铭心，真希望时间能够不走了，就永远停留在这一刻，该有多幸福！

身上瞬间暖了，心更暖了。而他站在清冷的风中，上身仅剩下一件毛衣，我几次把大衣还给他，他就是不穿。只是痴痴地看着我笑，"不冷不冷。"他说，"我一个大男人嘛，有火力，哪像你，瘦瘦弱弱的，风一吹就倒了。"

我一听急了,"讨厌!你以为我是那弱不禁风的林妹妹啊,林妹妹会挑水吗?她只会扛个花锄。"

他笑。我也笑。月色撩人。

那个时代,情亦真,爱亦纯。爱,不会大声说出来,一任内心波涛汹涌。纯得像一汪清泉,也不敢去表白,甚至连手都没有牵过。

羞答答的玫瑰,静悄悄地开,慢慢地绽放她留给我的情怀……欲语还休,暗香浮动,却有着惊心动魄的美!

后来,我去了县城读书。再后来,工作组撤了,他也走了。没有告别,没有留白,只有一抹美丽的忧伤。我继续我的学业,他去了他该去的地方,我们就这样各自迷失在茫茫人海里。

花谢花开几度春秋,那个十六岁花季的玫瑰梦,早被光阴的滔滔洪流卷走了,成了最遥远的记忆。我知道,自始至终,他一直是我的一个梦而已。

……

凭着对文学的热爱,我经常在纸媒发表一些作品,渐渐拥有了自己的一批粉丝。小城里的人都知道有个叫素欣的女子,写得一手好文章。一个春光融融的日子,我正忙着给杂志社赶稿子,微信上有朋友加我好友,这样的情景多了,并不在意。可连续不断的提示,我不得不放下手中的笔,一看,呵,一连请求了六次!

第六辑 不说爱你说珍惜

"你好！大作家。"他发来消息，"非常非常喜欢你的文章，如沐春风，太美啦！我们是老乡，我也是个文学爱好者。"

他滔滔不绝，并把他的简介发给我，孙伟？难道是他？不会这么巧吧，心里忐忑。

他说，他已经出版了两本书，还说要寄给我。几天后，我收到了他的书，一部散文集和一部诗集。书上有他的照片，是他！眼眸里蓄着一汪泉，老了，胖了，不过更多了一份成熟和睿智，眉宇间有一股夺人的气韵。

心，在那一刻，像被什么划了一下，隐隐作痛。

仔细翻看他的每一篇每一个章节，是他的味道，我熟悉的味道。我看到一篇文章《村里有个姑娘叫小玫》，他这样写到：

在我下乡的那个村子里，曾经有过我最美好的初恋，或许更准确地说是暗恋。我深深地迷恋着她——小玫。夏天，她穿着一件水粉的上衣，走在杨柳依依的池塘边，两条长辫子在身后一甩一甩，像一只翩跹的蝶……而对于我，她更像天边的那一朵彩云，我只能远远地看着，却又始终无法释怀。她是我心底的柔软……

原来，山不转水转，水不转云转，有缘总会遇见的，原来，他也曾经和我喜欢他那样暗恋过我。多想告诉他，我就是当年的那个玫，我曾经那么地喜欢过你!

可是,我终于没有说。

有些记忆,不适合去刷新,就让它停留在最初生长的那个地方吧。然后怀揣着一份美好,继续前行。

第六辑　不说爱你说珍惜

心雨

我不知道，该如何来描述这样一个你，像雾像风又像雨。《诗经》里那片苍苍的蒹葭，是我永远也走不出的记忆。

请原谅，别怪我无情，当爱再也回不到最初的原点，当我无论如何用力，也拼凑不出最初的圆满，我只有选择离开。因为不想原本相爱的两个人，再彼此互相伤害。

转身，是你读不懂的深情；告别，是我不得已的选择；挥手，是我最后的祝福。

不知道我们一起走了多久，有时感觉好长好长，长的犹如从青丝到白发，长得一路写满了沧桑；长得我身后是凌乱了一地的落花，是写在眉间心上的凄凉与忧伤。

有时，又感觉是那么的短，短得只是一个瞬间，短得还没来得及说再见。就这样，从陌生到熟悉，从熟悉到分离，我们成了彼此生命里匆匆的过客，成了最熟悉的那个陌生人，消失在茫茫人海里，再无交集。

不知从何时起，我们走丢了最初的那份美丽。我只记得，和你在一起的那些日子里，痛苦总是多于甜蜜，你已不是当初的那个你。

还记得我们的初相遇吗？犹如宝黛初会，你说，天上掉下个林妹妹。相见恨晚里的惊艳，写在你的脸上，如潮般的激情，汹涌在彼此的心里。我们小心翼翼地呵护着，分外珍惜这份来之不易的情缘。

你说，你是个不会轻易动情的人，而一旦动情，便会一往而深。你的温情呵护，你的脉脉情深，让我的心，一下子跌落进你的城，再也无法走出来。我走进了你的心里，你住到我的文字里，我的文字，也因为你，如朵朵盛开的莲，清雅温婉。

或许，爱，一旦用心了，就会伤筋动骨，就连思念也成了会呼吸的痛。这种痛并快乐的感觉，一直伴随着你我。都说人生只若初见，但我坚信，我们的爱会一直走下去，不离不弃。

可是，后来的后来，我们还是走丢了彼此。原以为天长地久的一份情，一转身，成为陌路。

你对我总是醋意的诋毁，百般地挑剔。好像有一肚子的怨气，夹枪带棒的话语，匪夷所思的表情，一次次刺痛了我的心。你忽冷忽热，难以捉摸，我的快乐再也不愿对你提及，再也不像当初那样无话不谈了。

你的苛刻，你的挑剔，原来你爱的，只是一个你想象中虚幻的影子，无论我怎么做，无论我多么优秀，都不是你心中完美的女神。

第六辑　不说爱你说珍惜

记不清，你在我心上留下了多少次伤痛，记不清，有多少回不欢而散。我只想挽留住仅存的那点余温，好好地去珍惜，因为不是每个人都能走到另一个人心里去。爱是理解，爱是包容，爱是尊重。

而你，却一再践踏着这份感情。所以，当付出和得到不对等的时候，分手是无言的结局。你的快乐你带走，我会掬一缕清风，为你送行。

始终猜不透那个谜一样的你。热情起来时，像火山迸发；冷漠起来时，却又是那么的寒若冰霜。你像一团云雾，缥缈如烟，捉摸不透；你又像一缕春风，拂过我的眉弯，可我伸出手，却怎么也抓不住。你像一帘微雨，给了我朦胧的诗意，却又打湿了我的记忆。

水之湄，我站在苍苍的蒹葭旁，再也走不出那场烟雨的迷离。我的心里，一直在下着雨。

遥望彼岸，挥挥手，送上我的祝福，从此，天涯各安……

千年等一回

一直相信,一切相逢都是命中注定。茫茫人海,多少过客匆匆,能真正走进你生命的,一定是那个你今生所要遇见的人。

在千万人之中,于时间无涯的荒野里,没有早一步,也没有晚一步,你刚好来,我刚好在。不说恨晚,遇见,就是最美的年华。

一次相逢,也许要等一千年,那是前世五百次的回眸,是几生几世的修行才换来的因缘。

千年等一回,我无怨,亦无悔。我知道,在长长的一生里,你一定会来,所以我一直在等待,与你赴一场前世今生的邀约。

黄金万两易得,知己一个无难觅。一份遇见,一份惊喜,一份难得的情缘。那是心灵的呼唤,无论早晚,不管远近,无关距离。遇见了,只一眼,一眼就足够了!

人海茫茫,总有些擦肩,让人温暖;总有些回眸,让人惊艳;总有些相逢，让人感动；总有些懂得，入心入骨。

不求今世牵手，唯愿心灵深处同行；不求朝朝暮暮，一声牵挂已足够；不问永远有多远，一份真情足以温暖一生。

千帆过尽皆不是，拾尽寒枝不肯栖，原来这山长水远的人生，只为与你邂逅。

见与不见，一些痴念，早已穿越了万水千山，融入了生命中；念与不念，一种柔情，即使没有风花雪月的浪漫，却始终在原地站成永恒。来与不来，都是生命里最妖娆的美丽。

无论缘深缘浅，这千里烟波的山水重逢，这天涯海角的朝朝暮暮，这天长地久的陪伴，何尝不是一场心灵的盛世欢宴？

一往情深深几许，始终相信，时间，会沉淀一份坚贞的情；岁月，会验证一颗最真的心。

执子之手，与子偕老。一句话，道出了多少有情人的心愿。不怕遇见晚，不怕相见难，红尘有你在，心安之处，便是吾乡。

世事无常，人生如梦，此生，若有那么一个心甘情愿为你撑伞的人，这一生，何其幸运！

我能想到最浪漫的事，就是有你陪伴我走过余生，然后一起静静地老去。

人生的道路，总是风雨相伴、历尽坎坷，生活虽然总是不尽人意，但至少还有你，一直在我的生命里，用爱温暖着我。因此，我被薄凉的世界温柔以待,是多么幸福!

　　生命里,总有那么一个人,离你那么近,又那么远,隔着天涯的距离,依然能触摸到那份温暖。一些痴缠,在心底无声无息地肆意蔓延。人生路漫漫,你是我此生最美的遇见!

　　当你想念一个人的时候,就尽情去想念吧;当你爱一个人的时候,就尽情去爱吧。因为,不是每个人都那么幸运,爱与被爱,都是前世的相欠,是几辈子修来的福缘。

　　相信,美好的人,总会遇见美好的事。你说,你为我跋涉了千里,千里万里又算什么呢?有爱不觉天涯远,有暖何惧人生寒。

　　如果全世界我也可以放弃
　　至少还有你值得我去珍惜
　　而你在这里
　　就是我生命的奇迹

第六辑 不说爱你说珍惜

— 世上最疼你的人 —

小丽恋爱了,当她把他领回家时,却遭到了父亲的反对。

"站没站相,坐没坐相,喝酒抽烟不说,你看看身上文的那啥玩意儿?一看就是个吊儿郎当的地痞无赖!"父亲生气了,"马上给我离开他。"

"可是爸爸,他对我很好,我喜欢他,非他不嫁。"

爸爸的脸色更难看了,指着她吼道,"你敢!你如果嫁给他,我就不认你这个女儿!"

一旁的母亲苦苦央求,"丽啊,就听你爸的一句吧,我们也是为你好啊。"

可是,哪里听得进去?都说热恋中的女孩智商为零,哪怕是丑的也能看成美的,更何况,他一直对她百般呵护、穷追不舍呢。在家里极力反对的情况下,她毅然决然地嫁给了他。

他拉住她的手，动情地说，"亲爱的，我会好好疼你爱你，一辈子不会辜负你的。"

婚后不久，她怀孕了。他却像变了一个人，经常下班后不回家，和那些狐朋狗友们聚众喝酒一直到深夜。回家后就和小丽闹，把水杯一摔大撒酒疯，小丽也不敢告诉父母，只要忍着。

随着儿子毛毛的出世，他非但不改，还变本加厉了。月子里还是照样出去喝酒，而婆婆也不来照顾，每天过来看一眼就走。母亲和姐姐来了，一看这种情况母亲就留下来，洗衣做饭，照顾得无微不至，小丽心里很不是滋味。

孩子渐渐长大，而这一切都离不开父母的关爱，尽管当初他们不同意这门婚事，可是事到如今也不能再埋怨女儿了，他们只有尽力去为女儿分忧解难，且无怨无悔。这期间小丽和老公之间除了争吵还是争吵，若不是为了儿子，她真想去离婚了。

2014年春，小丽老是感觉浑身无力，而且有时痰中带血，在父母再三催促下，来到医院检查。结果让人震惊：肺癌晚期！

七十多岁的老父亲，痛哭流涕，小丽扶着爸爸抽动的肩头，"爸爸，别难过了，比起那些车祸而亡的，我还算幸运呢，因为我还有一段日子啊。"小丽安慰道，母亲早已悲痛欲绝。

在医生判决她还有半年生命期限的情况下，一家人开始为小丽四处求医问药。化疗期间，她头发脱落，没有一点食欲，母亲变着花样、不

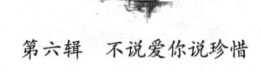

厌其烦地为她做各种食谱。看着白发苍苍的父母，依然还在为自己日夜操劳，她心里非常愧疚。

身体恢复了一些，小丽就开车带着二老到处旅游，知道自己时日不多了，所以想争分夺秒地尽些孝心，她觉得亏欠父母的太多了。

功夫不负有心人，在父母的百般细心照顾下，她活过了三年，这三年，从天堂到地狱，仿佛经历了一辈子。她看清了很多，那个口口声声承诺要疼她爱她一辈子的人，却变得如此无情无义，身边不离不弃的就是父母。四十万元的医药费，除了自己的一部分外，近一半都是父母的养老金。在生命最后的那几个月里，按婆家的意思就是放弃治疗，可小丽的父母坚持自己借钱也要延长女儿哪怕是一天的生命。因此，在医院照顾病人、雇工以及医药花费等，一切开销都由父母自愿负担。

这天，一向不闻不问的婆婆突然光临医院，她对病床上消瘦得已脱了形的儿媳说起毛毛的将来。"我的意思是，毛毛从小都是姥姥带大的，和他姥姥最亲了，以后跟他姥姥会好一些。"

原来，她是趁小丽尚明白，叫她安排好后事，也免去了她的负累。小丽自然最心疼、最放不下的还是毛毛，但她考虑再三，父母年事已高，为自己已经呕心沥血了，怎么能够再给他们增加额外的负担呢？何况他们都已年逾古稀了。

此时的她，心如刀绞、犹如万箭穿心，冷冷地说："毛毛没有母亲了，可是还有父亲，就由他爸爸抚养最合适。你不必操心。"尽管她不情愿把孩子交给那个不称职的爸爸。

其实，小丽的父母不是看不出来，在她病重的这段日子里，为了怕父母太过操劳，她就把毛毛送到奶奶那里去了，毛毛已经上小学了，以前都是姥姥姥爷接送孩子上学。现在，只要孩子从奶奶那里一回来，小丽就高兴得不得了，眼睛一刻不离地看着儿子。

最让她伤心的就是老公，自从病后他就没有尽心竭力地照顾好自己，好像没事人一样。病重的日子，父母和姐姐姐夫轮流在医院照看，但父母年纪又大，加上极度伤心，母亲的心脏病犯了，所以就请了个雇工来照看小丽。

有一次是她老公值班，晚上他把无法自理的病人丢在一边，竟跑到门外和其他的病友打牌去了，小丽连翻身的力气也没有。

等到天亮后父亲来了，小丽实在忍不住了，委屈的泪水簌簌而落，此时的她，身体极度虚弱连说话的力气都没有了。父亲掀开被子，只见小丽躺在尿湿了的床上，忍无可忍的父亲回头给女婿就是一记响亮的耳光。

"你干吗去了？你还有点人性吗？"新仇旧恨涌上心头，啪啪啪，一连八个，老人打完后抱头抽搐起来……

小丽在万般不舍的亲人眼前，终于走了。

母亲心脏病复发，父亲不吃不喝。姐姐知道二老还是牵挂着外孙，于是每个周末便把毛毛接来，提前准备好他爱吃的饭菜，临走时把一周

第六辑 不说爱你说珍惜

吃的水果和牛奶都带足,一样不能少。看着外孙吃他们欣慰,现在最大的心愿就是替女儿照顾好毛毛。

"外面下雨了,不知毛毛放学咋回家啊?"母亲望着外面的雨说,"老头子,不然你打个电话问问吧。"

小丽走后,老两口就这样辛辛苦苦地悉心照顾着毛毛,把对女儿的那份爱都寄托在孩子身上。睹物思人,经常暗自垂泪。

天大地大,没有父母的恩情大,山高水长,唯有父母的爱无法丈量。

第七辑 / 好好活着

第七辑　好好活着

— 晚来天欲雪 —

　　他在微信上给我发来一篇文章——《最好的友情是你忙你的，有事找我》。是，有时候是有事才会想起你；而有时候是，相见亦无事，不来忽思君。

　　其实他就是这样一个人，毕业多年一直很少联系。知道他事业有成，人生辉煌，天南地北、国内海外，终日忙得团团转。同学中他是出类拔萃的佼佼者，所以从不轻易去打扰他。不过需要他的时候，一个电话，能办的全办了，别说请他吃饭，连面都见不着。甚至连他的微信都没有。

　　记得最后一次见面是在儿子的婚礼上，他召集一帮久不相逢的老同学远道而来，自然是不胜欢喜。不管多少年没见，一点也不生疏，那份亲切和热情，是发自内心的。只是时间紧张，来去匆匆，彼此在各自的轨道上为生活而打拼，不觉又是好几年。直到前几日在我发表的文章后面看到他打赏了,才加了他的微信。一别多年,彼此谁也不必刻意寒暄,那份情意,都在平平淡淡的几句话里了。

或许就是这样,最好的关系就是彼此随意,简单而温暖,弥香而持久。"我们想要的,是一种不必刻意逞强也不心虚,不时常维系也不歉疚,不必相濡以沫却随时虚位以待的感情。那是我们人生的休憩之处。"

这一路走来,你会遇见太多的人,而往往多数都成了你生命中的过客,不过是花开一季,在漫长的岁月中,渐渐淡出了你的视野。而真正能走进心里的也只有那么几个人。

茫茫人海,缘聚缘散,相信总会有与你灵魂相通的人,在某一处,又于某一个合适的机遇,等待与之邂逅并且遇成情。然后相伴走过风雨的流年。

时间会验证最真的情,时光会铭记最纯的爱。那些经过岁月沉淀下来的,都是值得用心去珍惜,用一生去守候的真情。

最好的关系是,"从来都不会想起,永远也不会忘记"。不是因利而聚,是因为彼此欣赏而懂得,你得意时不会刻意去捧你,你失意时却能在第一时间想到你。正所谓路遥知马力,日久见人心,真正的情义是久经考验出来的,是真金不怕火炼的纯粹至交,是经得起岁月流逝的。

总有一个身影在梦里再现,总有一个名字在心底默念,总有一段美好在记忆深处永恒。来与不来,情一直在;见与不见,牵挂依然。无论世事多变幻,你若安好,便是晴天。

第七辑　好好活着

江湖险恶，方知真情难得；人心奸诈，才觉友情珍贵。麒麟才子，我们的骄傲，不管相距天涯，无论身在何处，相信你一直是最棒的！

提笔给他回复：晚来天欲雪，能饮一杯无？知己二三，红泥火炉，酒干再斟满，岂不快哉！

他答：冬雪不日即至，二三火炉醇酒可盼！

"你不来，雪有用吗？等雪，也等你。白雪、美酒、红炉，就是没有对饮的人……"

"为了让雪有用我也得去！"

此刻，窗外凛冽的寒风，卷起一地的残叶，又要降温了。心却是暖暖的。

天青色等雪，而我在等你，等一场雪落，念一个人安。

人生几度春秋，想好的事就去做，想见的人就去见，趁还来得及，好好珍惜。

或许，这世间最快乐的，莫过于做喜欢的事，最开心的，莫过于和知心的人相对而坐，推杯换盏，痛饮一杯酒，共一顿烛光晚餐。

默默中有深情，谈笑间有鸿儒，人间自有真情，人生自有美好，心灵的陪伴才是最美的时光。食指按快门，定格下珍贵的瞬间，留给来年细细品尝。

- 与往事小坐 -

总有些故事,会在春天里想起;总有些名字,会在记忆里永恒。难忘,与你共同走过一段葱茏的韶光;铭记,青春岁月里那些温馨的画面;感恩,紫陌红尘里的每一场相逢。梦里,你是我不变的牵挂;今生,你是我的春天我的暖。

一本泛黄的日记,记录着青春校园里的点点滴滴的瞬间,如今再回首,又仿佛回到了从前。时光匆匆,恍若昨天。

一九八三年三月四日

上午罗老师的统计科很有意思,我听得入了迷,这恐怕还是第一次。

晚上放映电视《雷锋》。

三月五日

上午和同学去逛街,并游览了太白楼。

晚上看的电视《马克思的青年时代》,很受教育。

三月八日

今日是妇女节,学校给我们女生发了电影票,上映的是《陈奂生上城》。

四月十五日

春天的校园,阳光明媚,树木青翠。法桐的叶子泛着绿光,一如年轻的我们,在春风里飞扬。

五月八日

早就打算去曲阜,因为期中考试没去成,过了"五一"的第一个星期天,我们一起游了三孔。我和陈青,还有李本明、刘启亮、郝金荣,是三个男生给我俩买的车票。真开心!

六月十五日

晚自习，孙东育拿来两幅画给我看，是范立玉做的，真好。

九月四日

星期日。晴。

吃过早饭，每星期日定时的两顿饭。我和高景美、王荷英等去公园，在那里，我们看了一些稀有的海洋动物……真有意思。

学习收获不大，中午给我组的徐铁城做了床被。晚上练了一会儿算盘，练了两张字，又做了语文作业。

历历在目。我所在的那个小城是济宁，学校就在小城的东边，可我方向感极差，在校的那两年一直辩不清东西南北，大门明明是朝南的，我就是认为朝西。以至于十五年后同学聚会故地重游，我一下车就死死地记住，这是东，那是西。不见校门口还好，一见，毁啦！还是老样子，朝西！真应了那句人生只若初见吧，无论岁月如何辗转，都还是初见的样子，再见依然。

小城里有许多好玩的地方，礼拜天没事我们经常去逛街。电影院、

第七辑 好好活着

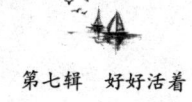

太白楼、玉堂酱园、百货商店、自由市场，还有新华书店、济宁公园、运河，等等。街道两旁是高大茂盛的法国梧桐。我还是生平第一次见到这种树木，现在回想起济宁那座小城，记忆犹新的还是那里的法桐。微山湖也是一个好去处，离曲阜还有一段路程，得坐车去。

学校附近有个东郊商店，是我们经常光顾的地方，我和高景美爱去那里买零食。我清楚地记得有一种江米条，是我俩的最爱，以至于多年以后的今天，仍念念不忘，她只要一看到江米条就会想起当年来，非要买来尝一尝，找回最初的那份感觉。其实就是想重逢一次过去的那个自己。活泼可爱的陈青家就住在市里，我还去过她家。济宁那个地方有个习惯，那里的乡村一天就吃两顿饭。我们平时都是三顿，到了礼拜天也改成两顿了。当时不甚了解，现在才明白，古人有过午不食之说，难怪，济宁是孔孟之乡嘛。

思绪一下子拉回了从前，喜悦总是希望与人一起分享的，尤其是当事人，马上在微信上找到高景美，把日记发给她，兴奋不已。她笑，"发给徐铁城，还给他做被子呢，别忘恩。""我都忘了，做被子该是咱俩，咱们一个组。"她一天都沉醉在美好的回忆里，不能自拔，还非给我要文字安慰。我想等我文字成熟了再写，且把当年的日记先摘录下来，好歹对她也是一种安慰吧。

继续翻看。

九月十日

星期六。也是一个星期娱乐的时候,晚上看的电影《武当》……

九月二十日

学校统一发了新校服,我试了试,上衣挺合适,裤子瘦了点……

九月二十一日

小雨。今天是中秋节,每人发了半斤月饼。同学们很高兴,晚上放的电视。老乡送来一些月饼和苹果。

我突然想起,写一篇小说,把我暑假在医院照顾姥姥时的片段记录下来,都是真实的。

九月二十五日

淅淅沥沥的小雨下了一天,校园里到处都是湿漉漉的。上午的会计课听得不好,晚上又重温了一遍。这几天很少练算盘了,一口气把《高山下的花环》读完了。

第七辑　好好活着

九月三十日

早晨六点半，学校包场电影《武林志》。观后的确很感动，这样的影片，能激发起爱国主义热情。不是吗？当银幕上武士打败洋人以后，台下情不自禁地鼓掌，激动人心！

十月十四日

阴。

班委宣传委员许富国要我写的那篇小说的底稿，可我当时没有保留。他说，明天等着出版。我于是又好歹写了一遍，题目是《没有结尾的故事》。

十一月七日　地震

清晨五点多钟，我刚刚醒来，突然感觉床在动，我以为是上铺搞的，仔细一听，窗户唰唰地响，地震啦！我一喊不要紧，她们都慌了，纷纷从床上跳下来往外跑。有的没有穿鞋子，有的披着被子就跑，我上铺的王春华一脚就迈下来了……

连上课也是心有余悸，惶惶不可终日。听男生说，地震的那会儿他们那里还热闹，他们所在的二楼，窗前有一棵树，平时怎么爬也爬不上去，这回好了，"噌"一下子，顺着树就下来了。

十一月四日

今晚上看的电影《逆光》。里面有一首诗非常好：

朋友啊，朋友

你千万不要忧愁

你说生活像沙漠

因为你心里没有绿洲

做一个绿色的梦吧

才会有一个金色的秋

十二月二日

今天，男生们看电影回来，都说挺好，于是我和几个女生也去了。确实不错，影片叫《蓝盾保险箱》。

十二月十日

一上哲学课同学们都提前备好小说，哲学老师讲课一点也不吸引人。这人怪怪的，都一大把年纪了还是单身，为什么不结婚呢？是为情所伤吧。不得而知。我坐在那里，给他来了一张速写，身穿一件呢子大衣，一手按着书本，在讲台上讲课。

刘伟在我身后用书捅了我一下，吓我一跳，递给我一本小说，是《香港狂人》。看了几页就放不下了，索性把作业一收，一直看了两节课。

一九八四年元月六日

唉，快考试了也复习不下去，真烦人！学不下去就画画。刘伟给我拿来他自己画的画，我说，现在还有时间看吗？没想到他眼睛一虚，把书往桌子底下一放，"不看散！给你拿来又不看了。"看他那样哟，我和淑英都笑了。"快给我吧，省得你一片好心。"

同学们在一起也挺有意思。你看，回到宿舍，我坐在被窝里写日记，陈青也坐在被窝里，一边和她们说笑，一边胡乱忙活着什么，高景美和吴秀华挤进一个被窝里。这边，孟庆梅在学习，林凡萍在翻字典，上边，小翟趴在床上看书，岳继红和刘建慧在织毛衣。王春华在我的上铺，她一动床就吱吱地响。要睡觉了，吴秀华和陈青她们还嗤嗤地笑个没完。

哦，我也该休息了，脱下棉袄，被窝挺凉，穿着秋衣睡吧。孟庆梅看了一头短发的我，说：你这个样子，真像个日本女士！笑。

元月十八日

期末考试终于完了！心里真痛快。下午考完试，把衣服、鞋子都洗刷完毕。晚上和陈青去电影院看了《樊梨花》，回来又看了电视剧《乘风破浪》。马上就要回家了。

二月十一日

上早操，有的同学爱睡懒觉不来，班主任林老师站在操场上操着浓浓的乡音给我们训话：我就不明白，你多睡这一小会儿，能得到多大的幸福？

二月二十九日

前几天，班里男生宿舍被盗，共丢失一百多元。学校领导"无能为力"，班里准备让大家捐款，最多不超两元。同学们都捐了，我现金不多，

捐了十五斤粮票。

三月一日

今天是文明礼貌月的第一天，我们来了个大扫除。中午打扫教室，男生主动承担了所有的任务，不让我们女生干。就像我们组一样，组长孙东育，还有徐铁城他们，什么活都照顾我和高景美。

四月二日

一不上课班里就乱糟糟的，淑英气得回宿舍去了，我躲到座位里边来。后边不知哪个男生在唱《北国之春》，还故意给改了词：姑娘啊姑娘，我的姑娘，何时能回你怀中……

晚上放的电视剧《大小伙子》。你听，同学们看得哈哈大笑，年轻人就爱看年轻人的故事。

四月八日

三天的运动会过去了，我班继去年夺得全校冠军后，今年又夺得冠军。真是了不起！虽然我没能给班级争分，但也为班级的荣誉而高兴。

四月十五日

马上就要毕业了,分别就在眼前。同学们恋恋不舍,都拿出笔记本来写留言,有的还互赠照片。多数同学给我的临别留言是希望我在文学上有所建树。心有凄凄然,今日一别,何时再见?

四月二十六日

今天是实习的第一天。我和赵桂香、于光秀分配到汶上县白石供销社。这里的人真好,对我们非常照顾……

五月二十三日

清晨,没想到王明庆和陈冒春来了。不孬,还有人到用这个穷山沟来。中午实习老师买来的肉、酒,我们一起吃的饭。晚上留他们住下了,因为天一直下着雨呢。

六月十七日

吃完早饭,信老师让我登记台账,一会儿,桂香喊我,来人啦!很

高兴，走到门口，高景美就迎住了我。徐铁城、张卫胜、王筱，还有吴秀华、侯绪兰、林凡萍他们都来了。那次徐铁城他们去苑庄没来我们这里，为此我们还给你写信埋怨了一顿。这回好了，专门来了，而且每个点上都派来一个代表，多有意思。

六月八日

借来一本《红楼梦》，啥也不想干，光迷上小说了。连做梦迷迷糊糊的全是《红楼梦》了……

六月十八日

林老师打电话，今天去县城开会。学校来检查。偏偏下雨，到了苑庄，我和高景美就赶路了。来到县电影公司，林老师他们正等着我们。在饭店吃了饭就住到了县招待所。晚上和林老师他们打扑克，一直打到两点多……

六月十九日

小胡子非要我们去他那儿，高景美也愿意去，就到了寅寺。进门一看，被子、衣物、书籍堆满一床，满地狼藉，到处脏兮兮的，我俩帮着收了半天。

……

泛黄的日记，荡起了无限的情思。人生能有多少好时节？感恩在最美的年华里遇见你，不早不晚，恰好你来，恰好我在。我的生命你来过，忘不了，我们曾经共同牵手走过一季青春飞扬的岁月，这是几世修来的缘分？

只想告诉你，我在远方，惜君如常，还是当年葱茏的模样。

春里，我在落花斑斓的光影里与往事小坐。喜欢那句，我自倾杯，君且随意！

——我先和往事缠绵私奔了去，如果你喜欢也一起来吧。

共同举杯，与青春来一场宿醉！

愿有岁月可回首，且以深情共此生！

第七辑　好好活着

- 小石头 -

小石头三周岁了，不仅聪明伶俐、活泼可爱，而且长得又招人喜欢，谁见了都夸小帅哥。

有朋友问："你孙子随谁啊，这么帅，你家哪有这样的人才啊。"

这话说的，好像我们一家都是丑八怪似的。不过，小石头还真是会遗传，他专门挑了我们全家人的优点来传承，吸取其精华，剔除其糟粕。

才两三个月大的时候，我们吃饭，给他放《贝瓦儿歌》，那小眼睛不错眼珠子地盯住屏幕看，不哭不闹，特别专心致志。怕影响视力不敢让他多看，只要一放音乐，他立马就安静下来。

到了一岁多，就跟着电视学跳舞，看人家伸手他也伸手，人家踢腿他踢腿，撅着小屁股一扭一扭的，别提多逗了。很快，他就能够把那首《小苹果》完整地表演下来了。

不过他跳舞的时候，喜欢"拉赞助"，就是必须拉上爸爸妈妈、爷爷奶奶都上场，非要来个全家齐动员，谁也不能坐下偷懒。我还能跟着跳一些，因为我也爱好跳舞，他妈说这点随我，可是爸爸妈妈还有爷爷都不擅长，尤其是爷爷，那笨拙的动作，做起来像狗熊，实在滑稽。

我们这些伴舞和小石头比起来可差得远了，那小动作，一招一式都那么认真，而且还边跳边唱。春节的时候，满屋子人，他一点也不怯场，神情自若地跳着，引来阵阵掌声和欢笑声，最后还要一动不动地来个完美的造型，把我们笑得都岔气了。

现在，他又迷上了《江南 style》，戴上墨镜，跟着音乐，还真挺有范儿！在幼儿园登台表演节目，还得了一个奖励呢。

小石头非常聪明，且用心专一，就连看电视也是聚精会神、全神贯注，跟他说话怎么喊他也不应，光盯着动画看。我教他学古诗，我念他不念，看似漫不经心，其实他都记在心里了，等哪天再让他背诵时，他已经完整无误他背下来了。两周多就能背诵好几首古诗，《弟子规》能背诵一分多钟。

特别爱学习，现在上小班了，老师布置的作业回到家认真地涂、写。这一点，他妈妈做得非常好，辅导孩子学习，不厌其烦。有一次辅导了两个小时，妈妈都累了，他还非要坚持做完不可。

石头还会学以致用，比如我们一起坐车，该下车了，他说："骑下马，乘下车。过犹待，百步余。"下雨了，他念起那首儿歌：雨儿哗哗下，妈妈来电话，问我在干吗，我在吹喇叭。

第七辑 好好活着

春天，我们去看油菜花，他兴奋地在花田里绕来绕去，不时地低头去摆弄那些花儿，我说，"石头，别低着头，抬起头来，给你照相了。""低头思故乡。"他突然冒出一句来。类似的情景很多，小石头都能够关联到同类的诗词。

他的聪明机智无处不在。国庆节他跟着爷爷奶奶待了几天，用他的话说："我和爷爷奶奶在家可听话了。"没错，一点儿不闹，临走时我问他，"石头，你愿意在你自己家，还是愿意在奶奶家啊？"你都猜不着他是怎么回答的，"等我放了学，再去奶奶家，行吗？"真是个鬼机灵。

爷爷有点驼背，那天光着膀子在家干活，小石头瞅着爷爷看了半天，说："爷爷，你跟老爷爷似的。"

我就问他："你是不是看见你爷爷弓个腰和你老爷爷一样啊。"

他竟然回答："老哨狗狗。"（我们这里管蝉的幼虫叫老哨狗）

真是笑死人了，石头啊，你太有才啦！奶奶形容了几十年，书都写出来了，也没有找到这么一个恰当的词来比喻，还不如一个三岁孩子，一眼看穿，一语道破。

石头还非常谨慎，自我保护意识很强。就连走路，遇到上下台阶，他会放慢脚步，轻轻地走。骑在儿童车上，遇到一段下坡路，我说，石头，像这样的路不能骑得太快，不然会摔下去的。他立马下车，说什么也不骑了。走在小区内的池塘边，我抱着他踩着一块块的石阶过水，他一个劲儿地念叨，"奶奶，慢点，慢点。"爷爷开车回家，他嘱咐，"爷爷，小心，安全。"像个小大人。

　　危险的东西不让他碰，他都记住，一次，爷爷爸爸帮他完成老师布置的作业——做蛋糕。妈妈叫他去拿剪刀，并叮嘱他把剪刀倒过来拿，石头立马将剪刀倒立，用两个小手指捏住，伸出胳膊，然后小心翼翼地一小步一小步地慢慢前移。那架势，就像在排除一颗定时炸弹。

　　石头是个有礼貌的孩子，见了年轻的就叫叔叔阿姨，见了上了年纪的叫爷爷奶奶，也不怕生。还特别喜欢和小伙伴玩儿，他舅姥爷的小女儿叫小缈缈，和他差不多大，两家很近，经常过来玩，有时候一两天见不到，石头就会念叨。两个孩子在一起，根本用不着大人们了，他们自有他们的玩法，一会儿骑车，一会儿打球，弄得咣当作响，笑声喧天。

　　一次妈妈让他们一起唱歌，《世上只有妈妈好》，本来小缈缈的声音又高又尖，这一来小石头也抬高了，两个孩子声嘶力竭地比着唱，脸憋得通红，她高他也高，她跑调他也跟着跑，连跑调也跑得一模一样，把一屋子人都逗笑了。

　　童言无忌，他们用他们的语言和思维来表达，有时候真是啼笑皆非。他和小缈缈吹泡泡，小石头听话，我给他拿着那个吹泡泡的液体，因为他太小拿不稳就会洒出来。轮到小缈缈了，她非要自己拿着，然后一下子放在地上，全都洒光了。

　　缈缈的妈妈，也就是小石头的舅姥娘，过去就说她，"你别拿着啊，放在地上不就都洒了呀。"小石头回头对我说，"小缈缈不能拿，舅姥娘

第七辑 好好活着

拿着才行。"

还有一次,我把他玩的玩具小蘑菇放在窗台上了,他看到后对我说,"奶奶,蘑菇都晒干了。"

因为他看见我经常在窗台上晒东西。吃饭时,他喝着儿童酸奶,我也拿过一盒奶来喝。我说,"奶奶喝的是大人喝的,"他接着说,"我喝的是小人喝的。"

小石头非常勤快,喜欢干活,无论你干什么,他都会说,我帮忙。看到我吃药,他非要给我一粒粒拿出来,我洗衣服,他也帮着洗,我扫地,他也跟着扫。最喜欢的就是揉面了,我说包饺子,他马上来到放面板的地方,叫我快点拿过去,他也知道擀面杖放在哪里,不用我说,早早就拿出来了。一会儿帮着拿面粉,一会儿去接水,我和面,他给我倒水。

一切整理妥当了后,他的任务就是摁面剂子,当然,刀要离他远一点。石头很乖,不让他动的东西他不动,告诉他这个会拉到手,他就不动。等到他们下班,我和石头也快包完了。

有一次,我们早早包好了饺子,他们很晚了还没回来,我说,"都几点了,怎么你爸爸妈妈还没回来啊?"

他说,"叫他们饿得肚子咕咕叫!"

吃饭前,他自己去洗手,然后自己爬到他专门的儿童饭椅上。大人用筷子,他也用,还蛮像那么回事,尤其是那吃相,小狮子似的,一口一口地嘴里满满的，闭着嘴咀嚼，一点也不露汤，一会儿小肚子就滚圆了。撩起衣角来，让我们看，"我的肚子大不大？"

看着石头能吃能喝，全家人都高兴，真没有辜负我给他取的这个名字。希望他能健健康康、结结实实地长大。

我跟他说，"奶奶专门写了小石头，在下一本书里，就能看到写你的文章了。"他说："嗯，我也看，爸爸妈妈也看。"

忠厚传家远，书香继世长。石头，希望你健康快乐、无忧无虑地成长，长大后，做一名品学兼优的好孩子，将来，一定是一个德才兼备的有为青年。

第七辑 好好活着

记忆中，你还是那个翩翩美少年

春节同学聚会时，听闻我们以前供销社的韩主任之子——峰子去世了。心中愕然，伤心落寞了好一阵儿。

四十多岁，正当人生好年华，说没就没了，人生无常，生命卑微的如同一粒尘埃。

思绪一下子拉回三十年前，眼前还是那个身着白衬衫，长着一双大眼睛、圆圆的脸庞，一说话就笑的翩翩美少年。

刚刚参加工作时，我被分配到王凤楼供销社会计股。当时的单位条件很差，仅有有限的几户职工家属院。因此，结婚的时候，领导就把会计股的三间办公室的内间，给我当了新房。

我们这一排十几间办公室里，是供销社的行政业务管理中心。财务、人事、业务等都在这里，包括几位主任、书记、副主任，也是吃住办公于一室。

韩主任就住在我们隔壁，一间办公，一间住宿。峰子为了方便上学，也跟他爸吃住在这里。所以印象中，峰子就是个既熟悉又亲切的邻家大男孩。经常听见韩主任高一声低一声"峰子，峰子"地喊他。我们有时候需要他的时候，也会这样喊，"峰子，帮我拿这个来。""峰子，帮我看看炉子……"

峰子是个很爱笑的阳光少年，长得非常帅。尤其是那一双炯炯有神的大眼睛，永远是汪着的一泓泉，逢人不笑不说话。特别招人喜欢。每天背着书包去上学，放学后就坐在屋里认真写作业，调皮捣蛋的事从来没有，是个非常懂事的孩子。韩主任都是提前做好了饭等着他，如果赶上工作忙碌或外出，放学后他就前往单位集体伙房去打饭吃。

春天的午后，他捧着一本书，坐在开满梧桐花的窗前，香气阵阵袭人，花一样的年华，安静而美好。

给我印象最深的一件事，是一个暴风雨的夜里。狂风骤雨，电闪雷鸣，把我从睡梦中惊醒。恰好那天老公没有回来，我一个人在家，一阵阵"呱啦啦"的响雷，恶狠狠地抽打在屋顶和窗前，震耳欲聋，发出道道寒光。吓得我躲在被窝里不敢抬头，本想过一阵儿就好了，可半天没有消停的意思，这样下去，恐怕这一宿也别想睡了。

于是想起了睡在隔壁的峰子，翻身起床出去，敲打他的窗户。"峰子，峰子……"

半天，峰子睡眼蒙眬地开门来，韩主任回家了，他一个人睡得正香，

第七辑 好好活着

轰隆隆的雷声丝毫没有影响到他。"到姐这屋里来睡吧,可把我吓死了。"峰子抱着被子,迷迷糊糊地就过来了,倒头便睡。

后来,峰子离开这里,去县城读高中,再后来,上大学、工作、结婚、生子,就再也没有见过他。

这一生,多少匆匆成过客,多少曾经成追忆,多少回眸成永别。或许,一个不经意的转身,一别就是一辈子。

人生的这趟列车上,会和许许多多的人擦肩而过,或曾发生过交集。在我们向着同一个方向奔跑的同时,有时候,一个不留意,一些人便提前下了车,甚至,连挥手告别的机会都没有……

- 好好活着 -

去参加一个葬礼,在赶往火葬场的路上,开车的女友问火葬场在哪里,我说:看到那个高高的烟囱就到了,因为它是咱们这里最高的了。

也是好多年没去过了,只记得大体的方位,和那个高高耸立的烟囱。"早早晚晚,我们都要爬这个烟囱杆,这里才是我们最终的归宿。"我们哈哈一笑。

何尝不是呢。今天吊唁的是一个同学的婆婆,这位婆婆原本身体很好的,平时基本连药都不吃,中午突然间觉得胸闷气短,她以为是心脏供血不足,等到了医院喘得越来越厉害,输氧输水都不管用,医生当时就怀疑是肺栓塞。半小时的工夫,人就没了。

就像是一场噩梦,身边的亲人眼睁睁地看着她离开了这个世界,孩子们哭成泪人,老伴儿抱着她的头悲痛欲绝。

生命就在一瞬间,活着就是一呼一吸。如此简单。

第七辑 好好活着

如果你还有什么解不开的烦恼，就到火葬场转一转吧。在这里，你会顿悟许多，在这里，崇高与卑微、非凡与平庸、富贵与贫穷都是一样的。如果你还有什么放不下的纠结，就到肿瘤医院看一看，原来这世间，除了生死，其余都是小事。

前几天，得知一个朋友病重，我和老公去探望时，才四十九岁的他躺在医院的病床上，人已憔悴得不成样子。我怕他撑不到过年，人都有求生的欲望，即使生命已走到穷途末路，依然抱着一线希望。当时他已经腹水了，可家人瞒着他说不是癌症引起的，他竟然也相信了。

临别，我说，过几天我们再来看你。谁知，才过了一周，就阴阳两隔了……我至今难以接受。那么好的一个人，品行好人缘好长得又帅气，事业家庭蒸蒸日上、红红火火，却英年早逝，真叫人心疼啊。

身边这样的例子举不胜举。上个月还在一起吃饭，下个月同学再聚时却听到她已经过世。老公的一个同事，年仅五十岁，从查出病到死只有三个月的时间，临终前写下一句话：愿家人平安健康。

我家中十年间先后有三位至亲相继离去，父亲、母亲和大弟弟。尤其是弟弟的死，对我的打击是致命的。从医生诊断他还有半年的期限那一刻起，我的心里就被一块巨石压得喘不过气来。

这半年里，每一天每一步都在拼死与死神做殊死搏斗，可谓步步求生。化疗的过程是那么生不如死，加上病痛的折磨，对于病人的摧残无以复加。作为亲人来说，只能眼睁睁地看着死神一步步地逼近，却没有一丝一毫的回天之力，叫天天不灵，叫地地不应。

　　我曾在站在窗前的一朵花前想，他活不过这朵花了。我却没有任何办法将这块压在我心头的巨石搬走，至今都没有，他成了我心中永远的痛！弟弟走的时候，眼是睁着的，嘴是张着的，他走得那么不甘心，到死都不瞑目啊……

　　假如，你没有经历过与亲人的生离死别，你就永远都体会不到那种滋味。

　　原来，生命是这样的脆弱和不堪一击，原来"珍惜生命，好好活着"不是一句空洞无力的口号。

　　原来"人生苦短，世事难料，一定要在有限的生命里活出自身的价值"，是多么痛的领悟！

　　原来，不是不懂，欠缺的是一次失去的机会；原来，功名利禄、荣华富贵、世间纷扰一切都是浮云。

　　生命不能重启，人生不可复制。既然无法把握生命的长度，不如拓宽生命的深度和广度。这生不带来、死不带去的一生，什么才是真正属于你的呢？唯有珍惜和善待。

　　谁都无法预测意外和明天哪一个最先到来，我们所能做的，就是珍惜眼前事身边人，你所拥有的每一天每一刻，才是真正能够把握住的。

　　唯愿，在这仅有的一次生命里，好好活着，别辜负！

第七辑　好好活着

－ 高铁修到家门口 －

"高铁就要通行啦！"

随着阵阵锣鼓喧天，熙熙攘攘的小镇上，喜悦的人们纷纷奔走相告。一幅写着"热烈庆祝平原东站'石济客运专线'12月底试运营"的大红条幅，赫然醒目！人们踩着激亢的旋律，敲锣打鼓、欢天喜地、载歌载舞。

对于生活在鲁西北平原的人们来讲，这，何尝不是一件大喜事呢。现代化高科技的列车，就飞驰在这片广袤而神奇的大地上，高铁就在自己的家门口了啊！

一位两鬓苍苍的老婆婆，高兴得合不拢嘴，说："活了这么大岁数，没想到还能赶上今天的好日子。吃不愁穿不愁，不但种地机械化了，看病还能报销，国家每月还给我们固定的老年补贴，比养个儿子还管用呢。你跟儿子月月要钱花，也不一定这么痛快。如今，更好了，出门还能坐上高铁了，下回再去青岛看孙子，用不了半天就到啦！"

老人布满沧桑的脸上，笑成了一朵菊花，连声称赞："还是国家好，共产党好啊！"

新建的平原东站就在王凤楼，318省道以北，离我家非常近，从家门口步行就可以去坐高铁了。

远方的同学发来一张平原东站的照片来，"高铁都修到你家门口了，以后出门可方便了，再不来还有什么借口？"

因为怕晕车，不愿做长途跋涉，故而冷落了本该相聚的友情。何况坐高铁还要跑到德州去，来来回回也不少耽误时间。因此，除非不得已的情况下，才去。现在好了，随时可以来一场说走就走的旅行。于是，回他，"你备好菜，温好酒，俩小时后，误不了咱们开怀畅饮！"

记得第一次坐高铁，是去北京。原来四个多小时的里程，现在一个半小时就到了，在京办完了该办的事，当天下午就返回了。真是神速！

如果换坐普通列车，怎么也得两天的时间。

想起前几年我和朋友组团去北京旅游，本来应该中午到达，我们就简单收拾了行李，中途也没有带吃的东西。结果路上堵车，司机为了赶时间也没有停车去吃饭，一直挨到下午五点才到了目的地。把我们饿得呀，晚上饭菜一上来，便风卷残云地埋头大吃起来，全然没有了儒雅的风度。

如今，一线贯穿南北，天涯变咫尺。

第七辑　好好活着

高科技的发展，在为人们的衣食住行提供了无限的优越和便捷的同时，也让中国在国际上赢得了盛誉。

高铁，再一次展现了社会主义制度的优越性，它已经成了一张响当当的中国名片，令全世界惊叹不已。

在高铁列车上，和我邻座的是一位北京的老人，他侃侃而谈，"我从北京到青岛，以前需要十几个小时，而且中途还要倒车，非常麻烦。现在，只需要四个小时就到了。既安全又舒适，又快又稳又方便，比飞机还便宜。"

他接着说，"中国越来越厉害了！前些日子，我儿子去国外，看到别的国家到处都在展示我们中国的高科技，尤其是高铁，他无比兴奋！给我发来照片，并说，在中国，我并没有明显地感觉到祖国的强大。但此时此刻，在异国他乡的土地上，我却深深地被震撼到了。作为一个中国人，我感到非常的自豪和骄傲！只想喊一声，祖国，万岁！"

老人声情并茂地一番表述，激起了人们一腔爱国热情，赢得了周围人的一片喝彩。

第八辑 行乐须及春

第八辑　行乐须及春

－ 春分：行乐须及春 －

"绿杨烟外晓寒轻，红杏枝头春意闹。"

冬天的心事，还泊在刚刚消融的春水里流连，三月的春讯已雀跃在了季节的枝头。无论是惊艳还是感叹，时光就是这样迎来送往，匆匆如水……

立春、雨水、惊蛰、春分、清明、谷雨，春天的节气一路如诗如画，装点了一个美丽的梦，缤纷了一季锦色韶光。

"春分者，阴阳相半也，故昼夜均而寒暑平。"

"雨霁风光，春分天气。千花百卉争明媚。"

"天将小雨交春半，谁见枝头花历乱。"

在这风暖花香、草长莺飞的阳春三月，怀揣一抹春色，在文人骚客笔下的"春分"节气里，感受季节带给我们的一份绮丽的意境。

春分，像一位风姿绰约的仙子，带着柔柔的暖风，带着欣欣的欢愉，带着幽幽的芳香，从杏花春雨的江南，到银装素裹的塞北，一路翩翩而来，一枝独秀，晕染出一幅生动旖旎的妙笔丹青。

春天也就才起了个头啊，万物复苏，草木萌芽，从惊蛰中醒来的春天，嫩绿粉红，素白鹅黄，一副欣欣然的欢悦。所到之处，流光溢彩，芬芳荡漾。

所有的美好，如枝头的一抹新绿，让人赏心悦目。就像一场灵魂的隔世重逢，千山万水的遇见，一挑眉的惊喜，原来你也在这里。多少懂得不必说，相视一笑里，激滟春波千万里。

世事短如春梦又怎样，余生有你，便是最美的时光。漫漫红尘，也愿意在心中描摹你最初的模样。任星辰浮浮沉沉，有你在，我的心永远是初春的清晨。

朝花夕拾的日子里，人生的每一个季节，都会遇见不同的花香，就如一场场缘分，深深浅浅地雕刻着走过的痕迹。浮光掠影中，斑斓了流年的梦，花开花落里，唯有留一份懂得和珍惜。经年后，依然会记得那场关于春天的邀约。

时光匆匆，回眸间，春天已经过了一半了。年年芳草绿，岁岁花又开。春宵一刻值千金，行乐须及春啊，满目山河空念远，落花风雨更伤春，不如怜取眼前人。

朱自清说："燕子去了，有再来的时候；杨柳枯了，有再青的时候；桃花谢了，有再开的时候。但是，聪明的你，告诉我，我们的日子为什

第八辑　行乐须及春

么一去不复返呢?"

三毛说,岁月极美,在于它必然的流逝。春花、秋月、夏日、冬雪。

岁月极美,我们不过是路过岁月的那个人,有什么理由,不停下匆匆的脚步,做一个赏花的人,听一听花开的声音?

或许,心还在眷恋着那些烟霭纷纷的蓬莱旧事,但春草新绿的每一天,都如梁间燕子的呢喃,时时叩打着心门,春宵一刻值千金。

"幸遇三杯酒好,况逢一朵花新。片时欢笑且相亲。"

那么,请许我在三月的春韵里,剪一束明媚,在这个风暖花香的时节,绽放一个全新的自己。

趁春光正好,趁微风不燥。趁花开正艳,趁年华不晚。去爱你想爱的人,去做你想做的事,一切还来得及,一切还可以重新开始。

还有梦,还有花开,还有健康,还有春天……

生活的每一天,都是崭新的一天;生命的每一日,都是重生;你我的每一次相逢,都是初见。

夏至：与日月光阴共地久天长

流光容易把人抛，又是一年红了樱桃绿了芭蕉。

不知不觉，又到夏至，夏天的味道越来越浓了，阳光充足，雨露丰沛，万物极盛，绿荫幽草胜花时。

对于生活在空调室内的城里人来说，夏至好像属于乡下的节气，城里早已不知季节变换，只知道夏天来了。好在微信的普及，低头一族不用出门也能收到提示：今日夏至。真正的夏天来了。

夏至来了，该做什么呢？还是去野外吧，边晨练边去田间陇头挖野菜，照例把最宝贵时间挥霍在锻炼和悦心上。日常远远高于艺术，生活才是重要的，活得开心活得健康才是王道。

现代人都讲究养生之道了，以前那些不被待见的野菜，都成了人们趋之若鹜的绿色保健食品。蒲公英、马齿苋、灰灰菜和苦菜等，我挖的最多的蒲公英。喜欢它还是源于一个朋友，朋友几乎不喝茶，常年都喝

第八辑　行乐须及春

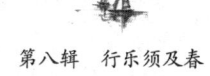

蒲公英水，外出也是带上它，绿绿的蒲公英再几粒加红红的枸杞子，看着悦目，喝着爽口。

去郊外，竟然还真遇到了，尽管不多，用小铲子一棵棵探宝似的搜集起来，拿回家择洗干净后晾干。喝了一段时间，不知是心理作用还是咋的，多年的慢性咽炎感觉也好像见轻了不少。

也挖苦菜，回家蘸酱吃，也看见城里的人回老家背了好几袋子马齿苋带回去，心想这东西怎么吃呢。拔了一些回来，做成馅盒子吧，可是做熟了却不咋好吃，据说是焯一下再将其晾干后，等到冬天拿出来做包子才筋道有味。

近几天来一直很热，时值夏至，又是个高温天气。不过清晨的空气还是蛮凉爽怡人的。

满眼的绿植仿佛铆足了劲，一直向远方延伸了去，绿得铺天盖地。青涩的果子在浓密的叶枝若隐若现，孕育着甜蜜的希望。清新的空气里还流动着麦草的味道，刚刚收割完的大片麦田里，稀稀落落的玉米苗点缀在高而密的麦草间，隐约露出一抹绿意来。

有早起的农人弯着腰在田间补种缺苗的玉米，有灌溉农田的机器声轰隆隆作响。人们一年又一年，在这片沃土上不停地辛勤劳作，收获的同时，又播种下一季的希望。

高温天旱，地面都干裂了，我用一把铲刀使劲挖，为的是多挖点蒲公英的根须。那些粗壮的根须非常发达，以至于铲刀都挖坏了，这不，又干脆换了一把螺丝刀来。地面硬的像石头，真是难为这些柔柔弱弱的野草了，这么恶劣的环境下是怎样顽强的一股子韧劲？

它们把长长的根须一直延伸到最深处，才能吸取地下的水分和营养。植物都是人类学习的榜样，连最简单的一株草也有着如此强大的生命力，不仅对此肃然起敬。

这时节不适宜远游，追随着风儿的脚步，踏着浓浓的绿荫，去野外感受田园生活的乐趣，也是不错的选择。有嘶嘶的蝉声从绿荫深处传来，不聒噪，是清清凉凉的一个蝉的独奏曲，像一个领唱者，不几日便会引来一支庞大的合唱队来引吭高歌。

清幽的小河边，有悠闲从容的人在垂钓着碧绿的光阴。夏虫在草丛里低吟浅唱，水边偶尔传来一两声蛙鸣，也是试探性的。

远离了纷扰的尘世，将自己融入寂静的乡野田间，心远地自偏，这恬淡的画面总能给人以安静。虽没有"春水碧于天，画船听雨眠"，也没有"荷风送香气，竹露滴清响"的江南醉人的风光，单单一个绿树浓荫长，清风花草香，便足矣涤荡一颗尘心。缓步在田间小路上，看晨曦铺满原野，听鸟鸣婉转林间。这寂静的乡野里，时光仿佛也静止了。

"但教有酒身无事，有花也好，无花也好，选甚春秋。"

只要心无杂念，淡泊安宁，无俗事缠身，有花无花又有何妨，都是乘兴追游的人生好时节。春天，永在心间。

第八辑　行乐须及春

夏至了，炎炎盛夏来临，或静坐一隅，醉心文字；或逢时遇景，拾翠寻芳。在一年中最长的这一天，遇见最美的自己，与日月光阴共地久天长。

— 白露：天转凉，秋渐浓 —

诗人杜甫在《白露》中写道：白露团甘子，清晨散马蹄。夜间，湿气在柑橘的果实上凝结成晶莹的露珠，圆润剔透，晨起，又纷纷散落在疾逝的马蹄之处。生动淳朴的小诗就像一幅画，把节气之美形象地展示在人们眼前，呼之欲出。

白露是九月的第一个节气。由于气温降低，水汽在地面或近地面物体上凝结成白白的水珠，称为白露。白露至，天转凉，秋渐浓。

清晨，喜欢沿着一条通往郊外的小径散步。绿依旧葱茏，花儿只剩下零星的几朵，一排排法桐苍劲挺拔，调皮的牵牛花缠绕在路边的植物上，在风中使劲儿吹着喇叭，玫红的或者紫蓝的。植物们还在奔赴着最后一程的赶路。

风吹来丝丝凉，是那种清爽的凉，温温润润。我蹲在那些花草前呆呆地看了半天，晶莹的露珠在叶片上滚动，或在草尖上跳舞，或躲在花

第八辑 行乐须及春

间捉迷藏。我对它们微笑,感动着这世间总有一些美好,让我们的心一下子变得柔软起来。就像晨光里的一滴清露,夕阳下的一对相互搀扶的伴侣,以及刚刚走过我身边的那个推着轮椅的年轻人,轮椅上坐着一位神情木然的老人……

人和自然总是息息相通的,都有一颗初心,对,是初心。

特别喜欢岸边那一片茂盛的芦苇。每回看到它,耳边就会不由自主地回响起那首吟唱了千年的不老歌谣:蒹葭苍苍,白露为霜。所谓伊人,在水一方……

我想,那一定也是一个清露遍野的早晨吧,不然怎么会有白露凝结为霜呢?它沾着晨露和青草的芳香,那是尘世里一颗初心最美好的向往啊!正因为心中有了这份美好,平淡的生活才有了诗意,变得有滋有味。

散步回来的路上,路过菜市场。每天清晨天刚亮,菜农们就早早地赶来,那些清脆碧绿的蔬菜还沾着清凉的露水,实在夺人眼球。这时有人塞给我一大把菜来,说,拿去吃吧,早上刚刚摘下来的,还有露水呢。我抬头看,哦,原来是她。

记忆几年前,她曾经是我的一个客户。知道她有个儿子马上高考,她对孩子特别疼爱,后来才知道那男孩不是她亲生的,她是继母。因为家境不是很好,为了让儿子上大学,她欠了好多债,当然也包括我。再后来她丈夫突然暴病而亡。

老公曾经说,这回完了,咱的钱泡汤了。我说,人家命都没了,你不过损失了一点钱而已啊。真是一个可怜的女人！后来过了几年，她居然把钱送来了，这种情况搁在别人身上，人死账了。可她说，人不能昧良心，你帮了我，我没有钱没办法，有了就一定要还。

我拗不过她，少收了一部分。她现在过得很好，说起儿子她一脸的骄傲，已经是博士生，毕业上班了，儿子非要把她接到城里去，她说啥不去。我为她祝福。

或许，这尘世，总有一些美好，值得去期待，总有一些人，清纯得像露珠，莹莹不染一丝尘埃。他们活的那么本真、那么善良、那么自然。无论经历了多大的风霜雪雨，她的内心依然如珍珠般洁白，似清露般明净。

我想，正是这些纯朴的人，才成就了世间的诸多美好与良善，这个荒凉的人世，才有了温暖和爱的光芒。

第八辑　行乐须及春

— 小雪：雪落心城 —

　　小雪，是二十四节气中的第二十个节气。《月令七十二候集解》曰："十月中，雨下而为寒气所薄，故凝而为雪。小者未盛之辞。"

　　古籍《群芳谱》中说："小雪气寒而将雪矣，地寒未甚而雪未大也。"所以说，小雪，既是寒意清冷的，又是诗情画意的。

　　小雪日，真正宁静的冬便到来了，总是等待一场初雪，静静地飘落在苍茫的世间，飘落在心上。那是一场洁白的期盼，是一份素心如雪的心灵邀约。

　　走过三千繁华，冬，赤裸裸地还原了最初的空旷与静谧，就连小雪的脚步，来得都是那么轻、那么柔，生怕惊扰了冬的寂静。

　　小雪，这样念着，就像邻家那个唤作"小雪"的女孩，雪白的肌肤，素衣粉面，低眉娴静，却不知何时考取了硕士学位。让人刮目。

　　小雪没有大雪那样来得如此张扬和直白，也不像夏雨一般肆意而疯狂，她却有着一颗晶莹剔透的玲珑心、温婉可人的情，总是犹抱琵琶半遮面地暗藏着一份寂静而纯洁的芬芳。

"花雪随风不厌看，更多还肯失林峦。愁人正在书窗下，一片飞来一片寒。"

读着诗人戴叔伦的这首《小雪》，眼前洁白的雪花，在寒风里簌簌而落，漫天飞舞，轻盈柔美，轻轻飘散在无边的旷野里，瞬间，就装扮成一个冰清玉洁的童话世界。

轻盈飘逸的雪，已经成为诗人眼中漫天的飞花，犹如圣洁的仙子，衣袂翩跹，又像成千上万只玉蝶，美丽婆娑的舞姿让人百看不厌。

"试问闲愁都几许，一川烟草，满城风絮。"

贺铸的这句形容春愁的词，用在这里更恰当不过了。满城花絮随风而舞，总是扯起思绪万千，不禁令人神思飞扬、浮想联翩。

雪花静静地落下来，是一种难得的宁静。展现在眼前的是一幅纯洁的人生素描，落雪听禅，不由会对生命产生了一种更深的领悟。任思绪飘散在一片洁白里，将心中所有的悲喜愁绪，都放飞在这一片银装素裹的世界中，妖娆地盛开。

故乡，小时候。小雪起白菜，这个季节，雪花不大，零星地飘着，便跟着大人们去菜地里。一棵棵瓷实的大白菜堆放成一排，运回家，父亲再把它们一棵棵放到提前挖好的地窖里，同时，还有萝卜和地瓜。

这些都是越冬的蔬菜，甚至吃到来年春天。母亲则把萝卜洗净切

第八辑　行乐须及春

块，腌制满满一大缸咸菜，那可是全家人一年到头顿顿都离不开的。有了它，饼子、窝窝头、玉米粥，便不再乏味。

小雪节气，总是蕴含着一抹淡淡的情绪，那些温暖的画面，都会在片片飞雪里悄然而至。只是，光阴似箭，任谁也握不住似水的流年，但总会有某个场景，牵动着你的神经，让你想起故乡、想起那些飘雪的日子里的欢乐。

只是，光阴的雪片，落了一年又一年。竟不知何时，朝如青丝暮成雪。

"去时节春暮，来时节秋暮，急回头，又早冬暮。想人生，会少离多，叹光阴，能有几度？"

如果说，世事短如春梦，就不要辜负了这仅有一次的人生；如果说，冬天是人生的暮年，何不好好珍惜当下的每一天？更何况，夕阳无限好，莫道桑榆晚，为霞尚满天！

杨绛说："我们曾如此渴望命运的波澜，到最后才发现：人生最曼妙的风景，竟是内心的淡定与从容。"

这一份简洁、一份素净，便是人生最美的回归。

小雪雪满天，来年必丰年。初冬的第一场雪是个好兆头，预示着来年的丰收，也是人们对未来对明天的一份生生不息的念。

一年二十四节气，一路节气如画。每一个节气，都是一个美丽的音符，谱写着季节或高亢激越或低回婉转的华美乐章。而每一个节气里，都浸润着不同的生活哲理,渲染着浓郁的人生色彩。

　　因此,季节怎么来,我们就怎么爱。紧跟着时光的脚步,走向美好,走向未来!

第八辑 行乐须及春

- 冬至：铭记光阴的美 -

冬至表示隆冬的开始，从今天起，就进入数九寒天了，过完九九，寒冬结束，春暖花开的日子也就不远了。

冬至为农历十一月中，"至"是极致的意思，冬藏之气至此而极。阴寒达到极致，天最冷；太阳行至最南处，所以白天最短，黑夜最长。古人认为，冬至是二十四节气的终点也是起点。因为冬至一到，新年就在眼前了。

我们现在的冬至就是过冬。虽不及古时热闹，但到了冬至这一天，家家户户吃饺子还是必须的。昨天买了二斤羊肉馅，回家用各种食材腌制起来，然后和白菜、葱、姜一起剁碎，压皮，捏饺子，一会儿工夫，圆圆一盖帘子白胖胖、肉鼓鼓的饺子就在眼前了。

冬，万物皆藏，人也应该顺应自然，收敛静养。而水饺是北方人的最爱，冬天，来上一碗热气腾腾的水饺，走在外面，便能抵御严寒了。

年底,该办的事挺多,新书马上出版了,还要忙着生意,还要构思文章该如何下笔,整天忙得脚不沾地。总觉得时间不够用,但日常的琐碎一样不能少,油盐酱醋茶等,左手诗意,右手烟火。

车去年审,等待的时候,我站在路边看景。入冬以来,始终没有盼到一场久违的雪,今日冬至,却飘起了绵绵细雨。相信该来的总会来,只是早晚而已。到了这个年龄,终于学会了妥协,谁能与时光抗衡?谁能与季节抗衡?那些看得惯看不惯的,一切无谓的纷争都变淡了,还是和冬天一起安静下来吧,不急不躁,在安静里享受生活认清自己。就如此刻,我不再让等待变得无聊,我会利用这个时间环视周遭的人或事物,不放过每一个平凡的瞬间。

光秃秃的树木在墨色的天空下静默着,褪去了曾经的缠绕与繁杂,只剩下强劲的枝干,伸向天空,彰显出一份简洁的静美。晶莹的雨滴挂在干净的树枝上,像一颗颗闪亮的珍珠,更增添了一份禅意。冬日安静得像一幅水墨画,寥寥数笔,便写意出这个季节的清宁。

我看着那些树木,用手机拍下来,生活的每一刻都是崭新而不可重来的,遇见就是幸运、就是美好。我爱百花绚烂的春,也爱安宁祥和的冬;爱蓝天丽日的灿烂,也爱雨雪霏霏的诗意。我愿留住每个精彩而平凡的瞬间,用细节来铭记光阴的美,感恩走过的每一天。

等了半天,车没有通过审核,说是刹车不好,需要简单修理一下。来到汽修店,结果人家忙着修理那些大车,这种小活挣不了几个钱根本

第八辑　行乐须及春

不屑。不修吧,眼看天就要黑了,马上到了下班时间,明天还要重来。

又辗转找到一个比较偏远一点的地方,店不大,很简易,修车的师傅是个年轻人,也就三十多岁吧,他正与另一个和他同样油头垢面的人蹲在一辆大车上低头忙活着。

老公问,能不能给我看一下刹车?他说,正急着修大车呢。

"我是来年审的,刹车不好使,没通过。"

"你把车开到那边去。"

他随手拿了一根铁棍和千斤顶就跟了过来。然后趴在雨水的湿地上,浑身都是油和水了。先把左轮顶起来,一下下地紧刹车,一会儿起来又趴到右轮底下,这样鼓捣了半天。我把这一幕用手机拍下来,他并不知情。

我想,这么冷的天,挣这个钱真是不容易,他就是多要几个钱,也是理所当然的。结果他就收了十元钱!我们连声道谢,自始至终他一句多余的也没有,却用实际行动诠释了一份人间大美。

老公说,记住这个地方,以后就到这儿来修,哪怕远一点。

看着他的背影,我站在那里,有一股暖流在心底涌动。